増補改訂版

ただの主婦にできたこと

山田征

現代書館

もくじ

カット装幀●貝原浩＋山猫通信

まえがき（改訂版によせて）

私はいま八十歳。あと少し経てば八十一歳になるところです。つくづくよく生きてきたものだ、と思います。若いころ考えていた八十歳とは、ずい分といい年のおばあさんの印象でしたが、いまは鏡さえみなければ精神的にはまだまだ若いまんまです。なんでこの肉体という代物は月日と共に老化してしまうのか、と考えています。

こうした私の体の変化と同じように、私の生きてきた社会状況、環境の方も日を追うごとに様変わりし、江戸時代、明治、大正時代などどころかそれよりもっともっと古い時代は沢山ありますが、そのような昔の人達がいまにタイムスリップしたらあまりの変化にほんとにびっくり仰天、腰を抜かすと思います。でもそこまで遡らなくてもこの私自身の子供時代、そして青春期、それに続いての結婚、子育て期からみても、いま、という社会状況はあまりに急激な変化をとげすぎていると思います。

その変化は決して良いとは言えません。もちろんそれはこの私という個人の価値観から見てのことですが……。

まず自然環境。社会問題、衣食住に関わるあらゆる問題。通信や交通手段。地球丸ごとの気候変動。そして人の心のありよう等々、どれひとつとっても昔のままちっとも変わらない、というものは何一つありません。

その凄まじい変化変動をもたらしたことの大きなきっかけがあるとしたら、いったいそれは何なのだろう、と時々考えるのです。

それはたぶん約二百年ほど前に発明された電気、というものを人が手にし使い始めたこと。そしてそこに石油という万能にも近い力を持った地下資源を人間が使いこなすようになったこと。もちろんその他種々さまざまな鉱物資源他が加わり、私達の人間社会は急速な変化変容を拡大し続けざるを得ない宿命となってしまったのだと思います。もう誰もその路線を止めることが出来ない。この地上的な文明が破滅するその日まで……。

おっと私は、全く希望の持てない嫌なことをつらつらと書いてしまいました。

まだ三十代の若い頃から、実に多くの食や農、日常的な生活環境、そして地球丸ごとの自然環境や社会問題に取り組んできた数十年にわたる生きてきた経験、体験の中から、自然に出てくる思いがこのような言葉、そして文字になってしまいました。

本来デンキも地下資源も、人間が節度と良識を持って使いこなしていくならば、これほど素晴らしいものはないと思いますが、人々はその節度と良識というものをどこかに見失ってしまったのではないか、と思います。

そして特に言えるのは、人以外の多くの地上の動植物にとって本当に大切なことは一体何なのか、自他共にこの先もこの地球の上で生き栄えていくには何が必要なのか、どうしたらいいのだろうか、といった人類全体で共有しなければならない大切な価値観が見失われてしまっていると私は思います。それは人間一人ひとりの可能性と想像力の欠如とでも言ったらいいのでしょうか。

そうですね。私達はいまからでも決して遅くはないと思うのです。一人ひとりの人生の中に、その人ならではの夢と可能性を大きく膨らませていけるような、初めの一歩を踏み出してみるのはどうでしょうか?

気持ちばかりはまだ若いのですが、体力的にはすっかり歳とってしまったまだ若かりし頃の私が取り組み、繰り広げ辿ってきた人としての可能性と言いますか、この本のタイトルの通りに、何の肩書もないただの主婦にもできた取り組みといったものを、今回改めて皆さまの前に紹介させていただくことに致しました。

特にまだ子育て中の若いお母さま方にぜひ参考にしていただけますようにと、身の程もわきまえない文字の通りの老婆心でございます。

山田　征

二〇一九年一月二十日

第1章

私の農とお父さんの能

「おとうさん、おかあさん、朝ですよォ」

朝七時近くになると、四女章子の元気の良い声が私たちの部屋にとびこんできます。まだ半分眠ったままのねぼけ状態で起き出していくと、居間にはこじんまりと朝食の支度が整い、会社勤めのお父さんの弁当まで出来ています。なんだか世間の一般家庭と逆転状態の朝の光景です。

さまざま雑多な仕事を抱え、夜寝床に入るのが深夜の二時三時になってしまう私を気遣っての大サービスですが、もともと私の家では娘達が中学生になると、長女直子の時から自分の弁当は自分で作ることにしていましたから、こうした朝の光景はごくあたりまえの事でした。

八時近くまでにはおとうさんは会社へ、娘達はそれぞれの学校へと出かけて行き、私は一人になる、と言いたいところですがそうはいきません。私は私で、オンボロ愛車のタウンエースにブルルンッとエンジンをかけ、今日もまた大忙しの一日が始まります。

まず初めの作業は、車いっぱいに詰め込まれた給食食材を車で数分先にある境南小学校に運びます。私一人の時もありますが、たいていは娘の冬子や近所に住む「かかしの会」の若いお母さんが同乗し、手伝ってくれます。

東京武蔵野市。一九六三年、結婚してまだ間もない私たちがこの町に住み着いた頃、まわりにはまだ沢山の畑があり、少し足を伸ばせば、春は芹を摘んだり、れんげの花にたわむれたり出来る田んぼがあるのどかな所でしたが、いまは全くその面影はありません。わずか十数年の間の大変化です。

市の中心地、吉祥寺駅からふたつ目が武蔵境駅です。その南側に広がる一帯が私たちの住む境南町です。

この街にある主だった公共施設は小学校がただひとつです。「境南小学校」といい、私の娘四人は全員その学校に入学し、卒業していきました。

私の一日は、この小学校に朝八時半までに給食材料を運び込む作業から始まります。

その頃の武蔵野市は、それまでの農地が次々とつぶされ、新しい住宅がどんどん建設され続けていました。従って、人口も増えに増え、この学校の給食はなんと一二〇〇食近くまでふくらんでいましたから、搬入作業はけっこう大変な仕事量です。

いま、朝毎このような作業をしている私の立場をどのように説明したらいいのか、考えてしまいます。給食の食材業者や八百屋さんではありません。娘たちは全員卒業してしまいましたから、ＰＴＡの一員でもありません。しいて言えば、この学校の給食と深い深い恋仲になってしまった地域のおばさん、といったところでしょうか。

もちろん私は、そこらのお店や市場で仕入れたものを運んでいるわけではありません。

私が朝ごと運んでいるものは、可能な限り農薬、化学肥料を使っていない野菜や果物。おかしな添加物の入っていない調味料や乾物類。地べたを元気に跳ね回っているニワトリさんの卵。抗生物質入りのエサなど食べさせていない豚さんの肉（これは近くの肉屋さんにお願いしてあります）、などなどこの学校で使う食材の約八割を私が毎日運びこみ、その日の調理が始められていきます。

私たちは、私の届ける食材のことを「素性のわかる食べ物」と言っています。なぜなら私の届ける食材は、どこのどういう畑で、農家の方々がどのような思いでどのように作っているかを可能な限り子供たちにはっきり伝えることの出来るものばかりだからです。

そのために私は、絶えずあちこちの農家や製造工場などの現場に出かけ、まるでジャーナリストのような取材活動をしています。そしてそこで見聞きしたことを栄養士の海老原さんに伝えますと、それを海老原さんは短い文章にして毎日の給食の時、放送委員の子供たちによって校内放送される、というわけです。

今の世の中、学校給食どころか家庭の食事だって、その食材の出所などを明らかにすることはなかなか出来ません。そのような現実の中で、一つひとつについて説明する事の出来る給食を子供たちに出せるのは、とても幸せなことだと思っています。

さて、私たちが調理室裏に到着すると、もうそこにはオレンジ色と白の大きなチェック柄のエプロンをした海老原さんが、その日の献立表を片手に待ち構えています。

そこで私たちは、その海老原さんの注文量に合わせて次々と食材おろしを始めます。少ない時で四、五種類、そんな少ないことは滅多になく、多いと二十数種類もの品数にのぼります。

野菜や果物はもちろんのこと、これは毎日ではないけれど、調味料まで加わってくるととても大変です。何しろ砂糖の大袋は三十キロ、粉は二十五キロ、塩は二十キロ、そして醤油は一斗缶ですから、ほんとうに重たいものばかりです。それらを私たちは、若さと熱い思いの勢いでエイヤッと持ち運びしています。

この朝ごとの荷下ろし作業は、いつもハラハラドキドキの連続ドラマのようです。後でしっかりそのいきさつは説明しますが、何しろ千二百食弱の量ですから、いつの頃からか、私一人で調達しきれない部分も出て来てしまい、それを親しくしていた同じような有機農産物を扱うＪＡＣ（物流業者）の人たちにサポートしてもらうようになっていました。ＪＡＣの人たちは真夜中に我が家にやってきます。そして私自身が用意した食材に加える形で私のオンボロ車に積み込んでいきます。ですから、それがしっかり頼んだ量だけ届けられているかどうかは、調理室裏で荷下ろししてみなければ解らないのでした。しっかり頼んだはずのものが乗っていなかったり、数量が違っていたり等は決して珍しいことではなく、その時その時胸がキュンキュンちぢこまり痛くなってしまうのです。何しろその日の調理作業は時間がくれば待った無しで始められてしまいます。無いもの足りないものを調達に近くの農家に飛び込んだり、青果市場から戻ったばかりの開店前の八百屋さんにかけこんだり。かと思うと私自身が車に乗せ忘れ、なんてものも度々あって、家と学校を何往復もしてしまいます。うまくいけば九時頃に終わる作業が九時半、十時近くまでかかってしまうことも珍しくありません。

ですから無事終わった、となるとほんとにほんとにほっとして、娘や手伝ってくれたお母さんなどと一緒に熱いお茶で一休みします。そしてちぢんでしまった胸を伸ばすのです。

「ヤレヤレ今日も終わったね冬子、アッチッチのお茶でも飲もうか」という私に、「お母さん幸せな気分になろうね」、と冬子が答えます。彼女にいわせると、熱いお茶を湯飲みに注ぐ時のあのトクトクという音、あの独特の音がよくて、あの音と良い香りでとても幸せな気分になるというのです。

でもなかなかそんな幸せな気分でゆっくり、とはいきません。何しろ「みたか たべもの村」が学校と同じように、私が運び込む食材を待っているからです。

「みたか たべもの村」とは、一九八三年六月、私を含めた五人の主婦で始めてしまった小さなレストランで、中央線三鷹駅の南口にあります。

「歩いて一分、転んで三分、息せき走れば三十秒！」、なんてチラシに書きたいほど駅に近いのですが、とても狭い路地裏にあるものですから、訪ねて下さる人が見つけづらいのが大きな欠点です。

「もしもし、いま駅にいるのですけれど、お店にはどういけばいいですか？」

「南口に出て下さい。陸橋が三本に分かれていますから、その真ん中を通って降りて下さい。住友信託銀行の前に出たら駅を背にして右側の路地を三十メートルほど来て下さい。傘屋さんが二軒ありますけど、二軒目の傘屋さんの二階です」。

そんな説明をくる日もくる日もくりかえしています。その二軒目の傘屋さんの横にさっぱり目立たない細い階段がついています。その階段の横壁には種々雑多なチラシやポスター達が重なり合ってぶら下がったり貼られたりしています。階段手前の入口には、一応この店のメニューを紹介する写真付きの看板が置かれてはいますが、そこを上れば本当にレストランがあるのだろうか？　とちょっと疑いたくなるような有様です。

店の面積は十一坪。階段を上りつめた右側に入口があり、入ると左右に細長く、まるでウナギの寝床のような空間になっています。道路に面した出窓の方に畳のコーナー。それから、まるで卓球台のような大きなテーブルがひとつ。続いてカウンターが客席と厨房とを区切っています。もちろん店内の壁も遊んではいません。ここもまた、ポスターやチラシが階段の壁同様にとても賑やかなことになっています。

カウンターに入っているのは、いかにも素人でございます、といった主婦たちです。私はとてもほっとする店だと思うのですが、もちろん人の評価はまちまちです。

若い男の子達は、「まるでおふくろの前にいるみたい」と言いますし、大人の男性達は、「女房ににらまれてるみたいであんまり飲む気になれないね」、とおっしゃる始末。でも子連れの若いお母さん達にはなかなかの評判です。

まず食事そのものが安全ですし、もちろんとっても美味しいこと受け合いです。何しろここもまた我が境南小学校と同じで、その日に使う食材全般をすべて私が届けているからです。メインの野菜料理の他には、その日その日近くの魚屋さんからキロ単位で買ってくる沢山のイワシを使った幾種類もの料理が並びます。もちろん調味料なども全て安全で美味しいものばかり。奥の畳のコーナーは、ほとんど小さな子ども連れの人達専用コーナー状態で、少々騒いでも嫌がられることはありません。特にお昼の時間帯はそんな人達でいっぱいになります。

私も四人の娘を育てた経験から、ここに来られる人達の気持ちはとてもよくわかるのです。そしてこの「たべもの村」には、食事が安全というだけではない何かがあると思うのです。例えばある時、高校生くらいの男の子がやって来て「電話を貸して下さい」、といいました。そしてその子は、「母から、三鷹で困ったことがあったら、たべもの村へ行きなさい、っていつもいわれているんです」と言うのでした。そんな嬉しいことを言ってくれるお母さんていいな、と思ってよくよく聞いてみたら、もうずいぶん長く会っていない友人のお子さんだとわかりました。

その時は電話だけのことでしたが、誰かが本当に困った時、丁度かけ込み寺のようにやってきてくれるお店になれたらいいな、と心から思うのです。

そんな思いとは別に、今ここでぜひともはっきりさせておきたいことがひとつあります。それはこの店を始めた私達の思いとは全く別なところで、いつのまにかこの店は「自然食レストラン」、のレッテルが貼られてしまっていることです。

私達は私が取り扱っている、農薬や化学肥料、そしてさまざまな食品添加物を使っていない食材を何か特別なものとしては扱いたくない。人が生命をつないでいくためのごく当たり前の食材、として考えていきたいと思っています。ですから、誰かが勝手につけた「自然食」、なんていう意味不明な呼び名は使いたくない。ましてそういうレストランなどと言って欲しくない、の思いが強くあるのです。それなのに勝手にそう思い込んだ人が時々やってきます。そして、「おたくは自然食の店なのに、なんで玄米じゃないんですか？」とか、「なんでイワシなんか出すんです？」とか、「まさかだし汁は魚じゃないですよね」と言い出し、「だし汁は全部イワシやサバやカツオの混合のものですよ」というと、「じゃ私は食べられません」、と怒り出したり困った顔をするベジタリアンがけっこう多いのです。

私達はそういう人向けのお店を作ったわけではないし、私達自身魚は食べるし、卵も、そして肉は山梨の知り合いが山裾で放し飼いしているブタさんのものをいただいているし……。もちろん誰方がどのような食べ方をしようと、私などがとやかく言う筋合いのものではありません。それはとてもはっきりしていることですが、困ったなぁ、そんなふうに勝手に思い込んで来られても……、と思うのです。

さて、この店の営業時間は午前十一時半に始まり、夜九時半でオーダーストップとなります。その前後に仕込みと片付けがありますから、結局朝九時半から夜十二時近くまでの長丁場です。

それを昼と夜の二交代制にして、それぞれ二人組。つまり一日四人の人手が必要となります。昼の部は、少し子供の手が離れた主婦の方々が入ってもらえるのですが、問題は夜の部です。世の中、女性が自由になったように見えても、仕事で夜家をあけられる主婦はあまりいないのが現実です。そんな中、私達は揃いも揃って夜も家をあけてこんなことをやっているのですから。

今は九時半でオーダーストップですが、始めた頃は十時半でした。来て下さる方は知り合いが多く、ついつい長居になってしまい十二時頃になってやっと片付けを始めるなんてことになってしまいます。ですから帰りはいつも午前一時を回ってしまいます。そんな時、私の帰りが遅いとおとうさんが手伝いに来てくれたり、昼間は冬子がカウンターに入ってくれたり一家総出のありさまです。

店を始めてまる二年経ったところで、私はカウンターに入るのをやめ店の食材調達専門に回りました。ですから朝ごとの給食食材搬入の後は、店用の食材を抱えてここの狭い階段を毎日エッチラ上っていきます。店に入るとすでに店内にはいろんな匂いが立ちこめています。炊きたてのご飯、味噌汁、なかでも際だって香るのは、何といっても入れ立てのコーヒーです。朝の一仕事をすませてそれを頂くと、本当にほっとします。

私達がこの店を始めた時は、実にさまざま、本当ににいろんな反応がありました。「わあ、すごい！」「いいですね、羨ましい……」「私もやってみたい」、とさまざまです。でも、なんて馬鹿なことを……、と思った人もいたようです。何しろ一緒に始めた仲間でさえも、もしダメそうだったら早めにやめちゃいましょうね、なんて始める前から言い出す始末でした。でも二年を過ぎてもやめることなく、こうして三年四年と続けていられるのは、なんといっても沢山の友人知人のみなさんの支えがあってのことだと思います。それにこの頃は、もともとお客さまだった人達が少しずつ手を出し足を出し、気がついたらいつの間にかエプロンをかけてカウンターの中の人、になってしまっているのです。

いま、三鷹駅前からこの店が無くなってしまったら、みなさんがずいぶん淋しくなるに違いない、と思います。いつのまにかこの店は、この街と人々の中に定着し、なくてはならない店になりつつあるように思います。もちろん本物になるにはまだまだ時間がかかると思いますが……。

さて、当たり前ですが一週間ごとに土曜日が来ます。この日は給食の食材運びは無いのですが、私はやっぱり朝から大忙しです。この日は「かかしの会」の「野菜分けの日」、だからです。店への配達を済ませ、次週の給食食材の補充他ばたばたしている頃、「おはようございます」、と「かかしの会」のお母さん達三人ほどがやってきます。

「かかしの会」、ここでこの会の説明がいりますね。この会は、埼玉県小川町在の農家の若者達と取り組んでいる、お米やさまざまな野菜類の共同購入グループです。

名前の由来はとても単純です。私が山田で、取り組んでいる相手の農家の方も「山田さん」だからです。つまり「やまだのなぁかの一本足のかかし……」という、あの童謡の歌詞からとりました。

この私達二人の山田は、ほぼ十年ほど前に知り合いましたが、それ以来私達は、電車だと約三時間、車では約二時間半もかかる小川町まで通い続け、たんぼや畑の仕事を手伝いながら、そこで穫れるお米や野菜を週毎に受け取り、食べ続けている、というつながりです。その山田さんは名前を宗正《むなまさ》さんといいます。私達は「宗《むね》さん」と呼んでいます。その宗さん達の作っているお米や野菜は、極力農薬を使わず、山の落ち葉で堆肥を作り、手作業で除草をする、といった大変な手間ひまをかけた作物です。何より大きな特徴は、見た目があんまり良くないかな？でもとっても美味しいのです。もちろん安心ですし……。

いま私達「かかしの会」の生産農家は三軒になりました。その三軒で作られる農産物を、ほとんど全量引き取って食べていますが、その仲間の数は約百六十世帯です。

宗さんたち生産者は、水曜日と金曜日に収穫し、その日の夕方荷ごしらえをして片道二時間半かかる私達のポスト（配達拠点）に夜の内に運んでくれます。それを受け取る私達は武蔵野市を中心に、小平市、調布市など八カ所のポストがあります。その八カ所のポストを、水曜日コース、金曜日コースの二つに分けています。

私の所は住んでいる地名のままに境南ポストと呼んでいますが、金曜コースです。従って次の日の土曜日が野菜分けの日になります。

夜の内に届いた野菜には、さまざまな品目とその量とが書かれた伝票がつけられています。それを見ながら、その日に野菜たちを受け取りにくる人達の数で割り算し、分ける量を決めていくのは長年の作業に手馴れた篠崎さんというお母さんです。

野菜の仕分けカゴは、あちこちのスーパー等に置いてある買い物カゴと全く同じもので、それを人数分ズラリと並べて作業が始まります。宗《むね》さん達から届くドロつき野菜たちは、黄色い大きなプラスティックのコンテナに入れられ幾壇にも積み上げられています。それらを下ろすのはけっこう大変な作業ですが、そこはもう手馴れたもので、協力しながらやっていきます。

畑で育ったものは全くの無選別で、大きいもの小さいもの、細いの太いの実にさまざまなタイプのものが仲良く詰め込まれています。少ない時で四、五種類、多いと十数種類にもなりますので、とても大変ですがとても楽しい作業です。何しろ実にさまざまなものが入っているのです。ちょっとここに、一番最近届いた品目を書き出してみます。まず、しっかりした葉っぱ付きの人参。まるまる太った大根、とりたてのジャガイモ。衣かつぎにしたらとても美味しそうなみずみずしい里芋。しっかり引き締まったカリフラワー。濃い緑のブロッコリー。柔らかくて葉っぱの先まで食べられるネギ。茶色に光る金ごま。おろ抜き白菜。赤い根っこのほうれん草。ねっとり甘いサツマイモ。それに宗さんのお母さんご自慢の肉厚椎茸。さて何品になったでしょうか？　そう、こんなに書いてもまだ九品目です。それらの物がみるみるうちに、並べたカゴの中に納まっていきます。少し経つと受け取りにくるお母さん達の姿が増え、我が家の前はミニ市場のような賑わいになっていきます。もちろんそこは、届いた野菜たちの品評会場になってしまいますし、またお互いどんな風にこの野菜たちを食べこなしているのか、情報交換の場ともなるのです。普通一般家庭の主婦達は、毎日近くの八百屋かスーパーに行って、その日に必要なものを必要なだけ買う、というのが当たり前だと思いますが、私達の場合は要るか要らないか、好きかきらいか一切関係なく、その週に届いたものは全量同等に分けて購入することになりますので、物によっては食べきれないほどの量を、どうやって食べこなすかはとても大切な情報であり、知恵なのです。そういうやり方、食べ方についていけない人も時々いて、「すみません、やめさせて下さい」、ということになってしまう事も珍しくありません。まあそれはともかく、この野菜分けの日は忙しくもありますが週に一度沢山のお母さん達に逢えるとても豊かで楽しい日なのです。

野菜分けが済んで一段落すると、冬子が用意してくれたお茶菓子などでお茶にします。もちろん沢山のおしゃべり付きで、本当に楽しいひとときです。つまり私達は子供の頃やったおままごとならぬ八百屋さんごっこを、大人になって本物の野菜を使ってやっているような気分なのです。時には通りかかった人が珍しがって寄ってきて、話しているうちに仲間になってしまう、なんてこともよくあります。人が繋がりあえるって本当にいいですね。

こうした繋がりの中で、それぞれが抱えている相談ごと、悩みごとなども出て来ますし、もちろん楽しい話しも沢山です。なにしろ私達は同じ釜の飯ならぬ、同じ畑の作物を食べ合うとても良い仲間達ですから……。

ところで最近私達は、境南ポストの看板を作りました。小川町の農家の一人、宗さんの叔父さんでもある、山田拓夫さんによく似た、大きなかかしの絵が入ったとても楽しいカラフルなものです。

これを作ったのには少々ワケがあります。私達家族は最近、長い間住んでいた境南町四丁目から五丁目のいまの住まいに引っ越してきました。引っ越した先の隣近所の人達は、土曜日ごとに繰り返される賑やかな野菜分け風景に驚くだけではなく、いったい何だろう、と興味津々の様子なのです。私達が引っ越してくる前空家だったこの家は、鉄の門扉、鉄のフェンスでがっちり囲われていました。でも私達にとってそれは無用の長物、そんなものがあっては車は入れられず野菜分けも出来ません。それでそういうものは全部スッカラカンに取り払って丸裸状態にしてしまいました。持ち主の大家さんはちょっと気にくわない様子でしたが、この方が風通しも良く良い気持ちです。でもご近所の人達は本当にびっくりです。それで私達が何ものであるか正体を明かす必要がある、と考えたのです。看板はそのために作りました。

もちろん文面はみんなで考えました。短くはっきり主張しましょう、ということで出来上がったのが次の言葉です。

「私たちは安心できるたべものを共同購入しているグループです。

毎週土曜日の午前中みんなで楽しくやっています。

どうぞお声をかけてみてください。」

以上の文面が大きく両手を広げた「かかしの懐」に書かれ、裾の方に大根、人参、ピーマン、ジャガイモなどなど沢山のカラフルな野菜たちが素敵に描かれています。この絵は知り合いの若い絵描きさんが描いて下さいました。彼女の手から楽しい図案が、まるで魔法のように次々と生まれていくのを私たちは心から楽しんで見ていました。

この看板の下で私たちは、心を割って何でも話せる良い仲間であり続けたい、と改めて思ったのでした。

つい最近、私たちにとって、とてもショッキングな出来事がありました。少し前まで私たちの仲間だった若いお母さんが、まだ幼い女の子二人を残して自殺してしまいました。きけば「対人恐怖症」という病気だったということでした。私たちの会をやめていかれた理由は、「野菜分けなどしっかりお手伝い出来ないから」、ということでしたが、私たちの会のお当番は義務ではなかったのです。無理なく出来る人でやっていく、といったゆるいやり方でしたから、「そんな理由でやめないで……」、としっかり引き留めたことはいうまでもありません。でもその方にとっては、私たちにとって何でもないことが大きな負担だったのだと思います。でも死んでしまうほど何を思い詰めていらしたのか……。私たちでもう少しなんとかすることは出来なかったのか、そんな悔いが残って仕方がありませんでした。だからこそ、ここでは何も遠慮しないでなんでもかんでも話そうよ、と改めて思わずにはいられないのです。でもこのような精神的な要素を持つ病は、ひとりこの人だけのことではなく、同じ時代に生きる私たちみんなの問題である、と思います。

この社会を構成している私たち一人ひとりが、大切な何かを失わせてしまっているに違いありません。それで私たちは、この先私たちの仲間の中から孤立し、自分から生命を絶ってしまうような人を決して出さないようにしましょうね。そのためにも、この「かかしの会」の週毎の集まりでは、かつての井戸端会議を復活させましょう、と私たちは話し合い、心に誓ったのです。

さて、平日の朝、時々私にはもうひとつ飛び込みの仕事が加わってしまうことがあります。初めの方で書きましたように、朝の食事とお弁当作りは娘達がやってくれるのですが、せっかく作ってくれたお弁当を、会社勤めのおとうさんが時々忘れていってしまうのです。私の方で気付いたり、おとうさん自身が気付いて「ごめん、悪いけれど持って来てくれない?」、とデンワがかかってきます。仕方がないので私は、お店の配達前に自転車で約十五分先にある会社までひとっ走りします。会社には社員食堂もあるのですが、やはり家で整えた食材での手作り弁当とは比較になりません。

会社の門まで行くと、すっかり顔なじみになってしまった守衛の小父さんが「またですか?

困ったダンナだね」、とかなんとか言いながら「届けておきますよ」、と預かってくれます。

　そのおとうさんの働いている会社はかなり大きくて、何千人もの従業員がいます。ですからまるで中学、高校と同じように部活動というものがあるのです。おとうさんは「謡曲部」に入っていて、家族のことよりそっちの方が大事、というありさまです。

　よく人から「良いご趣味で……」、なんて言われてしまいますが、とんでもない、いまとなっては趣味の領域を遥かに通り越してしまい、本舞台の数もどんどん増えてしまいました。ですからその分会社を休む、という事態になってしまっています。いまのところクビはつながっていますけれど、そのうちどうなってしまうことでしょうか。

　つまりこれは、二十六年前、この会社に入社してすぐに謡曲部に入ってしまったことが事のはじまりのようです。その謡曲部には、後に「人間国宝」になられた奥野達也さんという方が指導に当たっていたとのことで、おとうさんにとっては本当に運が良かったのだと思います。本人自身謡曲が好きだったこともあり、結婚する前私たちが知り合ったときにはすでにこの世界にのめり込んでいた状態だったのです。

　今日の土曜日は、午後おとうさんの能舞台があります。午前中いっぱいかかってしまった野菜分けで、すっかり土に汚れてしまった両手を洗い、私なりのよそ行きに着替えて出かけます。

　今日の舞台は「矢来能楽堂」、という神楽坂にある小さな能楽堂です。そして今日の催しは、ある方のお弟子さん達を中心にした晴れの舞台ですが、その最後のところでおとうさんは、

「乱《みだれ》」という能を舞うことになっています。

この世界、つまりプロの能楽師にとってこの「乱」という曲は、必ず舞わなければその先に進めない、といった大変大きな意味を持った大切なものだそうです。素人の私にはあまりその重大性はわからないのですが、「亭主の好きな赤烏帽子」ではありませんが、結婚したときすでにこの世界に足をつっこんでいましたので、私はそのままそういうおとうさんにつきあっています。

小さくて可愛いこの能舞台は、客席と舞台の間があまりありません。そこで待つことしばし、ちょっと専門用語で書いてしまいますが、大波模様の朱の大口《おおくち》、夫の所属する流派である金剛流特有の向鶴《むかいづる》模様の唐織、赤頭《あかがしら》の下に赤面《せきめん》をつけた二頭の猩々が舞台に現れました。

大鼓《おおかわ》、小鼓《こつづみ》、笛、太鼓による不思議な拍子にのって、これまた宙を舞うかのような不思議な足使い。それがいつまでも続くのですが、すっかり眠気を忘れ、時の流れからも切り離された世界に引き込まれてしまいます。能とは、なんと不思議な芸能であることか、と思います。

さて、一日を二十四時間と決めたのはいったい誰でしょうか。二十四に区切っても区切らなくても、お陽さまが昇れば朝になり、陽が沈めば夜になります。昔むかし、時計などといったものが無かった頃は、それが一日の営みであったことでしょうけれど、それをいつの頃からか、時間、そして分、秒と切り刻んで、その切り刻んだ細切れに追いかけられながら私たち人間は暮らすことになってしまいました。

能楽堂でしばし浸ってしまった不思議な空間から抜け出した時、思わずこんな事を考えてしまいました。帰りに乗った地下鉄では、その切り刻まれた時間に追われ、やっと一日を終えた人々が無防備に手足を投げ出し、座席で眠りこけています。ついさっきまで、舞台の上で見つめ続けた「乱」とは、まことに異なる乱れの姿です。とはいえ、この私も家に帰れば、その日の後始末や明日の準備と否応なしにいつもの現実に引き戻されてしまいます。私は別に廃品回収をしているわけではありませんが、週のうち何度も空き段ボールの整理という大仕事にとりかかります。つまり沢山の給食材料の大半は、大中小さまざまなサイズの段ボールに入って届くからです。こうした空き箱は鋲をはずし、きれいにたたみ、サイズ別にしばりあげ、可能な限り生産農家に返していきます。他にも醬油やみりん、ジュースや酢にソースや油、といったビン類も沢山あります。夜中に一人、こんな作業は少々大変ですけれど、これをやればその分使い捨てのゴミにはならず、物が生かされていく、そう思うと苦労でも何でもない作業になっていくのが不思議です。この作業がすめば、後はＪＡＣの配達を待つばかり。どうぞ何事もなく、明日の荷物が揃いますように……、とそっと胸に手を合わせ、遅い寝床に入ります。

第

2

章

たべもの村はつむじ風のように

「みたか　たべもの村」は、レストランのことなど何も知らない素人そのものの主婦達が、恐いもの知らずをいいことに後先のこと何も考えず、各々の思いだけで作ってしまった店でした。

いま思えば、それはまるでつむじ風が突然巻き起こってしまったような、なんとも慌ただしい騒ぎの中での開店でした。

何故こんなことをしでかしてしまったのか、を書くには、まずこの店の店長である白石ケイ子さんとの出逢いから始めなければなりません。

白石さんは私よりひとつ年上です。でも私よりずっと若く見えてしまうとっても得な人です。私にとって彼女との出逢いはとても素晴らしいものですが、白石さんにとってはどうなのかわかりません。もしこの私と出会うことがなければ、彼女は今頃この店で夜の大半を過ごす事などなかったと思うのです。なんだか悪いなあ、と思う反面、もしもこういう店の店主さんではなかったとしても、やっぱり彼女は一家庭の主婦だけでは納まらない人だと思うのです。

いまから五、六年前の事でしたが、その頃武蔵野市に公民館を造る話があって、そのための勉強会が度々ひらかれていました。

その何回目かの時私は、「行政に頼らない形で活動している者」、としてその勉強会に招かれたことがありました。

その行政に頼らない活動とは、前章でも書いた「かかしの会」のことです。その時の会には、

「反戦平和問題」をテーマに活動している人達も招かれていました。もちろん私もそのようなテーマには大いに関心はありましたが、私には私のやり方がありました。それは日々の暮らしの中で戦争につながらない生き方、つまり生活の在り方を選びとっていく、というものでした。

そして次の世代だけではなく、もちろんその先の先の世代の人々の生命を損なうことのない生き方、そのような在り方を、私は私なりの平和運動と無意識のうちに考えていたのでした。

ところで活字や口で「平和」を唱えることはとても簡単ですが、それを日々の暮らしの中で具体化していくのは意外と難しいように思います。もちろん人それぞれのやり方があると思いますが、私は私がいまやっているような直接生産農家とつながったり、日常的に使う石けんその他諸々のものを、他の生きものたちの生命を損なわないようにする、それこそが根本的な平和運動ではないかと思っているのです。

そのようなことを私はその集まりで発言してしまいましたが、その主催者側だった白石さんは、この私の考えにいたく共鳴してくれました。つまりそこからなのです。私たちの深いおつき合いが始まったのは……。

その後まもなく、私はその白石さんを小川町の農家の畑仕事に誘いました。暑い暑い夏の日でした。その日の作業は丈高く伸びたトウモロコシ畑の中の草ひきでした。私たちが畑に入ると「待ってました！」、とばかりにワンワンヤブ蚊が襲いかかってきました。彼らはよほど飢えているらしく、むき出しの肌だけではなく服の上からも容赦なく刺してきます。

あの時、なんであんなに我慢できたのか不思議ですが、とにかく私たちは農家の宗《むね》さんと一緒に畑の草引きをやり終えました。一段落して畑から脱出した、あの時の達成感はとても忘れられません。これがその後白石さんとさまざまな行動を共にする、はっきりとしたスタート地点だったと思います。その後私は、私が首を突っ込むあらゆることに当然のように白石さんを誘い続けました。

さて、私たちの共通する友人で、いまは三鷹駅から少し離れたところで「やさい村」という店で無農薬野菜ほか、さまざまな食品を扱っている大友映男さんという人がいます。

大友さんは武蔵野市北町で、昔の武家屋敷のような大きな家を借り、「ミルキーウェイ」という共同体を営んでいます。

「ミルキーウェイ」はこの荒れすさんだ世の中、破滅に向かいつつあるこの地球環境を憂い、みんなで世直しをしようと志す人達の集まり、と私は勝手に思っているのですが、直接聞いてみたわけではありませんので本当のところはよく解りません。そこに住んでいる人達の職業はバラバラで、一人数万円ずつを出し合い家賃と食費を賄っている、と聞いています。その共同体のリーダーが「やさい村」の大友さんです。

彼は数年前、北海道のアイヌ部落をスタート地点とし、約一年かけて南の沖縄まで歩き続ける、という行動をした人です。それは「生存への行進」と名づけられたものでした。細長い日本列島をそれこそさまざま多くの人達に出逢い、沢山の話をしながらてくてく歩いたそうです。ほとんどの人達は、家族とか仕事といった大きな荷物を背負い、わずか数日の旅でさえままならぬ世の中に引きかえ、なんという贅沢で豊かな歩みであったことか、と思います。なんとも羨ましい限りです。

そんな大友さんと出会うことになったきっかけは、「かかしの会」という集まりを続けている私を、彼の手がけた催しに招いてくれたことからでした。そんな大友さんがある日、八百屋さんをやりたいので「店探しやいろいろ手伝ってくれませんか？」、と声をかけてきました。

どんな店だって一軒構えるとなれば、これまでのように自由には動けなくなるのに、それでも大友さんはいいのかな？　と私は思いましたが、なんだか面白そう、と私たちは協力することにしました。

いまみんなが何かを求めている。出来たら自分の日々の暮らしがそのまま理想とするもの、願いとするものを表現し、人々を繋ぐものであったらいい。そのひとつの手段として八百屋さんになってみたい、と大友さんは云うのでした。まあそんなわけで、早速私たちはその大友さんの店探しにお供することにしました。

吉祥寺や三鷹駅周辺にはいくつもの候補店舗がありましたが、その中のひとつがいま私たちが「たべもの村」をやっている場所だったのです。

「ここはほとんどダメなんですけどね。でもせっかく不動産屋さんが紹介してくれたので……」という大友さんにくっついて、私たちは例の狭い階段を上がっていきました。確かにこんな階段上って行く八百屋さんなんて、見たことも聞いたこともありません。それでも、と上って行く大友さんって本当にいい人なんだな……、とつくづく思わずにはいられませんでした。

「ほんとにここはダメですね。ぜんぜん八百屋さん向きではないわね……」、と大友さんに同調してはいましたが、二階の窓から外をのぞいてみると、三鷹駅はすぐ目と鼻の先。家賃は十万。保証金百五十万、その他は何も要らないですって？　それってずいぶん安いんじゃないかしら、そんな思いが頭をかすめました。

「ねえ白石さん、家賃十万でしょう？　手放すのもったいないと思うけどどうかしら。みんなで借りたら何とかなると思わない？」、とつい耳打ちしてしまいました。かわいそうなのは大友さんです。それから先の私たちはもう大友さんのお供どころではなく、良い洞穴《ほらあな》でも見つけてしまった子供のように、なんとかその店を自分のものにしたい、と夢中になってしまいました。一緒に店探しや店の手伝いをしてくれる、と思っていた私たちが、あっという間に自分達の店作りにくら替えしてしまったのですから、気の良い大友さん、どんな思いだったことかと思います。でもその後、その大友さん達も私たちの店から四、五分先の今の店舗を借りることにして、私たちより二ヶ月遅れの開店となりました。

さて、店を借りるのはいいとして、いったいそこで何をやるかは全く決まっていませんでした。初めのうちは何かの事務所にしようか。それとも小さな集会所がいいかも、などといった案が出ていましたが、誰かが「ねえ食べもの屋にしましょうよ」、というとあっさりそれに決まってしまいました。私たちは「かかしの会」を通していつも食べもののことに関わっていましたから、それはごく自然な成り行きだったと思います。その他にも私たちは「かかしの会」以外の活動をいろいろやっていますが、何をするにしても私たちの背後にはしっかり働いているお父さん、という存在があって、つまり経済的にはまったく自立していない自分たちの在り方をなんとかしたい、という思いがありました。

「女の自立」とか「夫からの経済的独立」なんて大げさな話ではなく、せめて自分達の活動費くらい自分達でなんとか出来たらいい、といつも考えていました。

それで例えば、私の白いワゴン車にいろんな物を沢山積み込んで、行商というか引き売りなんてどうかしら？　とけっこう本気で白石さんと話し合っていた矢先でもありましたので、この店舗はまるで天からの贈り物のようにさえ思えてしまったのです。それで私はすっかりその気になって、次の日にはもうはっきりと「借りる」、ことに決めてしまいました。とはいえ本当のところ、こんな私たちでも貸してもらえるのかどうか「まず聞いてみましょう」、ということになり、この物件を扱っている不動産屋さんを訪ねることにしました。

その店に入ると、中にはもうすっかり白くなった髪をいなせな角刈りにしたお爺さんが、しゃれた棒ネクタイ姿で座っていました。

「え？　あんた達本気で借りる気？　あそこを借りて何するの？　え、食堂?!　あんな事務所みたいなところで食堂なんかできるかねぇ……。それに家賃は誰が払うの？」と次から次へとたたみかけてきます。

何しろ私たちは、とても商売人にはみえない、それこそ「ただの主婦」にしか見えないことはよく解っていましたから、このお爺さんがビックリするのも仕方ないことでした。私たちが返事に困っているのを見かねて、

「まあいいや。あそこのことはこの私が一任されている。私がいい、と言えばいいんだからもう一度よく考えてみなさいよ」、と言ってくれました。

そして手付け金払うのはもう少し待ってくれたうえ、もう一度考えるまで他の人には貸さないで待ってくれることになったのです。でも私たちの中ではほとんど決心がついていました。

それにうちのお父さんは前から、西荻窪駅近くにある「ほんやら洞」（現在は満月洞に改称）のようなお店をやりたくてしょうがなかったのです。

そのほんやら洞は、食堂、レストランというより居酒屋といったほうがいいようなお店ですが、その店の素晴らしさは何といってもさまざまな人と人との出逢いが沢山生まれる場所だったからです。

その「ほんやら洞」を知ったのは、いま私たちが卵やぶた肉をいただいている山梨県明野村に住む早川宗延さんとのご縁からでした。その早川さんは、ここで出逢う数年前から脱サラをし、その明野村でニワトリやブタを飼育することを始めていました。もちろんニワトリは平飼い、ブタは小高い雑木山の山裾で放し飼いしているもので、その卵と肉を市場に出さずに直接

消費者、つまり食べる人に届ける、といったやり方を目指していました。

そして幸いなことに私にも声が掛かってきたのです。これまでにない方法での生産と消費をどのようにしてやっていけばいいのか、その話し合いが度々持たれたのがこの「ほんやら洞」というお店でした。

ほんやら洞の経営者は、早川さんの弟の正洋さんという人でした。

初めの頃、早川さんの肉や卵は毎週木曜日にこの「ほんやら洞」に届けられ、その都度私は、中央線の駅でいえば、武蔵境、三鷹、吉祥寺、西荻窪となんと四つもの駅を通り越し自転車で取りに通っていました。そういう私に、いつも弟さんはいろいろな人を紹介してくれました。中でも大きな出逢いは、まだその頃は無名の広瀬隆さんでした。広瀬さんは後にノンフィクションライターとしてめきめき有名になっていきましたので、ご存知の方も多いと思います。

その頃広瀬さんはよくこの店に飲みに来ていました。私が原発問題に関心があることを知っていた弟さんが、ある時私たちを出逢わせてくれたのです。いろいろ話すうちにすっかり意気投合した私たちは、まもなくそれぞれの仲間を誘って「原発問題を考える市民の会」、というものを立ち上げ、名称を「みどりの会」にしました。そして私が毎週木曜日に「ほんやら洞」に行くのに合わせて、その日の夜、まず「原発とは何ぞや」の勉強会から始めていったのです。

その時の様子を書き始めたら長くなってしまいますので除きますが、私たちはある時、「東京に原発を！」というセンセーショナルな本を作りましたが、その後まもなく私たちは袂《たもと》を分かちました。それは彼の考えや動きがどんどん先鋭化していき、私はとてもついていけなくなってしまったからです。

私は私の考える平和の視点に立ってやりますということで、私の方は「風の会」という名称の会をつくり、原発が恐いのはその建物や設備ではなく、そこから否応なしに放出されてしまう放射能である。ではなぜ「放射能は恐いのか」、まずはそれを知ってもらう活動から始めよう、ということになりました。当時はまだご存命だった故亀井文夫さんの作られた16ミリフィルムの映画、『世界は恐怖する』を購入し、国内各地で関心を持つ人達への貸出作業を始めました。

原発のことになったら思わず力が入ってしまいましたが、何はともあれ、この「ほんやら洞」というお店はそうしたさまざまな出逢いを提供してくれる、とても魅力のある処だったのです。

ですから、もしかしたら私たちにもそういうお店を作ることができるかもしれない、ということでうちのおとうさんに異論はありませんでした。そして白石さんの方はどうだったのかといえば、

「あんたたちはいつでも自分たちの持ち出しでいろんなことをやっているんだから、やろうと思えば何でも出来るでしょう」ということでした。

ところで手付け金一万円を払う日、私は他の用で同行できなかったので、白石さんともう一人の仲間である土岡小竹絵さんが契約に行きました。そしてたまたま印鑑を持っていた白石さんの名前で、借りる手続きがされました。

私たちは、その他にもまるで当然でしょ、というように「かかしの会」の仲間であり、原発問題の仲間でもある川島サッちゃんを誘い込みました。

「もしもしサッちゃん？　私たちお店借りようと思うんだけど……」

「もしもしサッちゃん？　お店借りちゃったよ！」、と宣告した後「ねえ、お金どうやって集めれば良いと思う？」と彼女の家に乗り込んでいき、ああでもないこうでもないと相談を続けたのです。

そしてもう一人、柿沼才恵さんです。この人はこれまでの仲間ではありませんでしたが、しばらく「ほんやら洞」で働いていた経験があり、新しい店作りには大いに興味がある、とのことで仲間に入ってもらいました。

まあそんなこんなと並行して、とりあえず仮契約した店は五月の連休には空く、ということでした。

それまで約一ヶ月の間に、百七十万円のお金を用意しなければなりません。百五十万円の保証金と十万円の前家賃、あとの十万円は不動産屋さんの手数料とのことでした。もちろんそれだけで済むはずはありません。

「食べもの屋」として店開きするからには、内装始め各種さまざまな工事がいりますし、冷蔵庫他さまざまな業務用の調理器具や食器類も揃えなければなりません。

ザッと計算したところ、少なくとも四百万円ほどの資金が必要と思われました。

さんざんの話し合いのすえ私たちは、「債券発行」、という形でお金を集めることにしました。そしてそれを、その時すでに決まっていたお店の名前、「たべもの村・債権」と名づけました。

一口一万円、無利子、二年後返済、というかなりちゃっかりした条件のものですが、私たちはそれによってただお金を集めるだけではなく、出来るだけ沢山の人達に繋がって欲しい、と思ったのです。

この債権で私たちは約百万ほどを集めることが出来ましたが、もちろんまだまだ足りません。結局その分は自分達で何とかするしかない、というわけで、白石さんを中心にそれぞれが応分に出し合うことにしました。私のところでは、いつか大きな能を舞うときに、と少しずつ貯めてあったお金を出してもらい、おとうさんをちょっとシュンとさせてしまいました。

もちろん店に必要な椅子や壁張りその他自分達で出来そうなことは何でも自分たちでやることにして、可能な限り出費を抑えたことはいうまでもありません。

「たべもの村」、という店名はみんなで考えました。他に「たべものひろば」、という候補がありました。白石さんのダンナさんは「明るい感じだし、みんなが集まる、というイメージがあってこっちがいい」、とのことでしたが、やっぱり私たちには農家との強い繋がりもあり、「村」の方がピッタリくるようでこちらに決まったのです。

今、日本中が少しでも人口を増やし、町とか市とかになりたがっています。

もちろん「村」という言葉に対してのイメージは人それぞれに違うと思います。村社会イコール閉鎖社会、つまり何処を向いても知っている顔ばかり。人の家の財布の中、おかずの中身まで解ってしまう、そんなつき合い方に息をつまらせいやだと思う人もいると思います。でも、そうしたことを差し引いても、同じ地域に住む人同士よく知り合っている、ということはとても大切なことだと私は思います。

いま学校をめぐって、一クラスの人数をなんとか少なくしようという運動が盛んに繰り広げられていますが、それは村的な発想のように思えます。村から町、そして市へとなっていくにはどうしても一定数の人口が必要になります。

ですから地方でそれを目指そうとすると、どうしてもいくつかの行政が合併することで人口を増やすことになってしまいます。そうして出来ただだっ広い町や市は、もう人と人とがよく知りあうことなど出来ないものになってしまいます。いま現在日本中に、そうして出来た行政区がどれほど増えてしまったことでしょうか。

私たちはやはり、いま流行《はやり》の言葉ではありませんが、その「見える関係」というものを保っていきたい、と思いました。そんなこんなでこの店の名前は食べ物にこだわり、村にこだわり、三鷹にこだわって、「みたか　たべもの村」になりました。

お店の名前が決まると同時に、ていのいい借金のための債権募集のチラシも作りました。そこには、

「農業のこと、たべもののこと、学校教育や社会問題、他にも環境問題や原発問題に関わっ

てきた五人の仲間が集まり、共同で店を出すことにしました。ですから皆様、ぜひご協力下さい」といったような内容を書きました。

一旦やることに決めてみますと、普段心にくすぶり続けていたさまざまなやりたいことの思いが、堰を切ったように吹き出してきました。

たとえばそれは、いつかお金が出来たらぜひ作りたい、と思い続けている「もう一つの学校」があります。無理に学校といわなくてもいいのですが、いまの学校や親たちから一時的に逃げ出したい子供たちのために、昔の「かけ込み寺」のような「かけこみ学校」、いえ「かけ込みスペース」のようなもののためのお金が稼げるかもしれない、と「取らぬ狸の皮算用」的思いがムクムクと頭をもたげてしまいました。

「世の中そんなに甘くないわよ」、と誰かが言い出します。「ひらかれた場、なんていうのは簡単だけれど……」、とまた別の誰かが言います。でもやってみなければ何も始まりません。やれるかどうか、まず店作りを急ぎましょう、と私たちは議論をやめました。

正式に契約したのは五月の四日でした。そしてどういう計算をしたのか、開店日は約一ヶ月後の六月七日に決まりました。事前にそれなりの計画があったわけではなく、たまたま大友さんのお供をしていてみつけてしまったこの場所でのにわかな店作りです。

正直なところ、どこからどう手をつけたら良いのかさっぱり解りませんでした。

私たちが借りる前は、印刷屋さんが使っていた場所でした。その印刷屋さんがいなくなってしまいますと、コンクリートの床がむき出しで、その空間はまことに殺風景でとりつく島もない眺めでした。

何とも無愛想な壁、細長い蛍光灯が何本も張り付いた天井、いったい何をどうやって食べもの屋にしたらいいのか、全くもって見当がつきません。でも、いつまでも床や天井、壁ばかり眺めているわけにもいきません。そうこうするうちに、損得抜きの助っ人が何人も現れてきました。

その代表が、吉祥寺で小さな電気屋さんをやっている矢島の小父さんと、子供たちの塾をやっている池見恒則さんでした。

矢島の小父さんは、白石さんや土岡さんたちが武蔵野市に唯一残されている広大な原っぱ、グリーンパークで毎月やっている「遊ぼう会」の主要な常連さんでした。その原っぱは戦後、米軍キャンプのあったところですが、（ついでにいえばその前の戦中は中島飛行場がありました）せっかくの広場があるんだから「子供たちを沢山集めて遊ぼうよ」、と活動していたのです。矢島の小父さんは、遊ぶことにかけては子供そこのけの人で、特にこの小父さんの考案した凧は、テレビや雑誌などでも紹介されるほどユニークなものばかりでした。この矢島さんがいてくれて私たちはどんなに助かったかしれません。

職業が電気屋さんでしたから、知り合いの大工さんを紹介してくれたり、店内の電気関係はすべて矢島さんが請け負ってくれました。もちろん今でも、何かことあるごとに私たちはまっさきに矢島さんにデンワしてしまいます。

もう一人の池見さんと知り合ったのは、ほんの数ヶ月前の事でした。池見さんは登校拒否している子供たちのことにすっかり肩入れしている若いお父さんで、そういう子供たちのための塾を開いていました。その他にも「遊ぼう会」のスタッフの若者達も入れ替わり立ち替わり頻繁にやってきてくれました。そんな仲間たちと一緒に私たちは大まかな見取り図を作り、少しずつ店全体のイメージをふくらませていきました。

まず、外を見ればよその建物だけではなく、三鷹の駅が見える窓際に畳のコーナーを作ることにしました。私は四人の娘達を育てた経験上、子連れでの外食がどんなに大変かよく解っていました。畳であれば子供も母親もくつろげますし、オムツの交換だって楽に出来ます。

そしてお休み時間は私たちも、その畳の上で手足を伸ばし、横になって休むことも出来ます。他にもお金の計算だってそこでできるじゃない？　と当時の私たちはまことにのんきなものでした。それから大きな特注テーブルを作ることにしました。それにはもちろん私たちなりの思い入れがありました。それがあれば十人前後のグループがバラバラにならずに済みますし、逆に知らない者同士だってお互い気にせず囲むことができます。でも本当は気にしない、ではなく気にして知り合いになって欲しい、とも思ったのです。

「一人や二人の人たちは、カウンターの方がいいかもね。それよりキッチンはできるだけ広くとりましょうよ。一日何時間もいる場所だから、狭いのはだめね」、というわけで、どちらが客席かわからない広さを厨房の方にとってしまったのです。途中で見に来た人が、「これって働く人本位の店造りだね……」、とかなりあきれていましたけれど、もちろんその方が長続きすると私たちは思いました。

ある日を境にいよいよ大工さんが入り、畳のコーナーやカウンターなどが出来始めますと、本当に店全体が立体化していきました。

一番大変だったのが、トイレや水道、ガスのことでした。それまで何もなかったところに、大量の水とガスを使う仕事場作りでしたから、特に排水用の管に必要な傾斜をどう作るかが一番難しかったのです。結果ガス台、流しの位置を可能な限り高く床上げして、その下に排水管を持ってくるということで一件落着、本当にほっとしました。トイレは私たちだけではなく、沢山のお客さまも利用しますから、それも前の場所から移動しなければなりませんでした。図面というものは自分の好きなように自由に線を引くことが出来ますが、それを現実化することはなんとも大変な事だと度々思い知らされました。

それに「船頭多くして船山に登る」、のたとえ通りに、さまざまな人たちが来てはああでもない、こうでもない、あれはダメ、これはいい、とそれぞれの思いで口だしするものですから大変です。そして一番最後までなかなか決まらなかったのが、夜の部のカウンターに一体誰が入るのか、といった基本中の基本ともいえる問題でした。

昼間手伝ってくれるという人、希望者はけっこう沢山いるのですけれど、夜のなり手はなかなかなか見つかりませんでした。

「ねえ、夜はどうするつもり？　誰が入るの？」と一人の仲間がことあるごとに私に迫ってきます。でも私は確たる返事が出来ないまま、心の中で「大丈夫、きっと何とかなるに違いない」と思っていましたけれど、うっかり言葉にしようものなら、その場でぶっ飛ばされそうな剣幕でもありました。

作業が進む中で、壁や床を絶対板張りにしましょう、という強硬意見を持ち出す人も出て来ました。私ももちろんそれができるのならそうしたい、の思いはありましたが、予算のことが頭にチラつき、そうしましょう、とは言えませんでした。

結局壁はベージュのクロス張りにしました。これはうちのおとうさんと白石おとうさんが二日がかりで頑張りましたが、なんといまでも剝がれもせず、ちゃんと壁としての面目を保っています。椅子は大工さんの作業場をお借りして、自分達で作ることにしました。その日は子供たちも含めて総勢二十人ほどの賑やかさになりました。その作業場には、なんとデンキノコギリ、デンキカンナ、デンキドリル、他にもびっくりしたのはデンキクギウチキまでありました。そういう道具を使いこなすのはそれなりに大変な事でしたが、それでも私たちは二人一組で、思い思いの椅子を作り上げていきました。

何しろ突然のにわか大工の素人集団ですから、出来たと思ってゆすったりしてみると、すぐゆるんでしまうものが続出してしまい、大工さんに沢山助けていただきました。

カウンター用の長いベンチは池見さんが担当でした。

「ウン、これはいい、よく出来たよ」、と自慢げです。

「どれ……」とそのベンチの端にひょい、と座った人から「ひゃあ！」、と悲鳴が上がります。

「なによ、この椅子ひっくり返るじゃないの⁉」

「だめだよ、端に座るからでしょう。ちゃんと真ん中に座るか両端に一緒に座ってもらわないと……」

「え？　そんなことお客さんに言うつもり？　これって私たち用ではないんですけどね」、と笑いながらの口論が始まってしまう始末です。

店の方は大工さんの手で次々と流しが出来、壁をぶち抜いて作った出窓風の大きな食器棚、引き出し付きの戸棚、そしていつのまにかカウンターの腰板もきれいに張られていきました。

でも困ったことに、まるでラーメン屋さんのようなあまり好きになれない化粧板でした。

上を見ると、天井からも同じ化粧板を張り付けるという、荒板のワク組がぶら下がっていました。何しろ大工さんの仕事は早くて、あっというまに出来上がってしまいます。私達は慌ててそれはやめにしてもらいました。後でそこは自分達で何とかしましょう、と考えたのです。

それを断ってしまったら、もう大工さんの仕事は全て終わりになりました。

大工さんは楽しいおもちゃをヒョイと取り上げられたような顔をしていましたが……。

それでその後私たちは、化粧板の代わりにスダレをぶら下げ、そのスダレにべたべた沢山のメニューを貼り付け面白く遊びました。

照明は、借りたときについていた蛍光灯を全部取り外し、黒い長いコードの付いた丸くて白い小さな笠の、そしてひとつひとつスイッチをひねって点けたり消したり出来る白熱灯のものにしました。

蛍光灯のものに比べ電気代はかかってしまいますが、私たちにとっては少しばかりの心豊かな贅沢でした。

さて残ったのは、タタミのコーナーのところにある出窓につける「たべもの村」、という大看板です。こちらは原発問題を一緒にやって来た「風の会」の仲間達が駆けつけてくれました。フォトカメラマンの島田興生さんや、サッちゃんのダンナさんの川島敏夫さん。横浜の養護学校の先生髙橋明さん。夢の「アジア21」を出版してつぶれてしまった「アジア農業」主催の武川五平さん。いち早く開店日を間違えて店に来てしまった一橋出版の小林志夫さん。それに数人の「遊ぼう会」の若者達も加わって、細幅板を寄せ木細工のように並べてつないだ大看板をなんとか取り付けてくれました。

それからもう一つは、店の出入り口にかける「のれん」です。

これは生成《きなり》のままの荒い木綿生地を丸木美術館に持って行き、位里さんにお願いして大きな墨字で「みたか　たべもの村」、と書いてもらいました。

そして、もう一つ残ったのが下から二階へ上がってくる階段脇の壁です。ここは薄緑を基調にした淡い色彩で、当時武蔵美の学生だった横堀君ともう一人の若者近藤晃君が抽象的な画を描いてくれました。

ここまであれこれ書いてきましたが、開店まではまだまだすることが沢山ありました。保健所に行ったり消防署に行ったり、市役所に届けを出したり、川島サッちゃんとサッちゃんの娘の幼い晶《しょう》ちゃんの手を引いて税務署にも出かけました。

「私たち、お店を始めるんですけど、税金はどうやって払ったら良いのですか？」

「え？　そうねえ、まあ税金が払えるようになったらまた来てみて下さい」。

そういわれてみればその通りでした。まだ開店もしていないのに、と私たちは本当に可笑しくなってしまいました。その時の税務署の人とのやりとり、先方の困ったような顔を思い出すと今でもついニヤリとしてしまいます。

そんな外回りはともかく、店を開くには何より大事な鍋釜をはじめ、さまざまな調理器具を用意しなければなりません。食器だって一人や二人分ではありません。

メニューはどうする？　座敷用のテーブルや座布団はどうするの？　あれはこれはと目の回る騒ぎです。誰も彼もが殺気立ってしまって、あわやの場面も度々ありました。

初めは私と白石さん、そして巻き込まれた三人の計五人でしたが、いつのまにか気が付くと誰が主役かわき役かわからないほど大勢の人たちが、まるで我がこと、我が店のようにどっぷり店づくりに浸りきっていたのでした。

一九八三年六月七日、始めにたてた開店予定日です。なんでこの日、その予定通りに店が開けたのか不思議でなりません。

成せば成る、とはきっとこのことを言うに違いありません。素人の恐いもの知らず、とは本当に良く言ったものです。

その日の朝、それは本当に胸の震える朝でした。本当に疲れ切った朝でした。果たして本当に「お客さま」というものが、この狭い階段を上って来て下さるのだろうか……。誰も口には出しませんでしたが、みんな同じ思いでその時を待っていたのでした。

コツ、コツ、コツ。あれは確かに人の足音……。それも一人ではない！　一人ではない複数の足音。たとえ一人だったとしても、私たちにはどんなに嬉しかったかわかりません！

私たちの「たべもの村」は、このようにして幕を開けたのでした。

昨年、とある新聞に

「主婦が始めた『たべもの村』、三年目を迎え軌道に乗る！」

というタイトルの記事が載り、それを裏付けるかのような白石店長のニコニコ笑顔の写真までついていました。

私たちの店って、本当に軌道に乗ったのかな……。私はなんとも複雑な思いでその記事を読みました。忙しく開店した店が、それなりに落ち着いてきたのは確かです。でもそれは、世間一般で言う経済的に成り立ってきた、というのとはかなり違っているのでした。なにしろ家庭の主婦感覚、つまり自分達が外食するとしたらこのくらいがいい、といった感覚でメニューの値段をつけていましたので、決して儲かるなんてことはないのでした。私たちのこの店は、来て下さるお客さま達と、アルバイトというよりまるでボランティアのような様子でカウンターに入って下さる方々の善意で成り立っている、と言った方がよさそうなのです。

今の時給は四百円。始めた年と次の年はなんと時給百円とか二百円だったのです。

それでも「安すぎる！」なんて文句を言う人は誰もいませんでした。

はじめ、自分達が自由に動き回る活動費用くらいはせめて自分達で賄いたい、そんな思いでしたが、そんな願いはもうとっくの昔に消えてしまっていました。

でも私たちのこの店には、そうした金銭感覚なんか気にしない、それ以上の何かがあるに違いないのです。それがたぶん第三者から見た時、「軌道に乗った……」と思えてしまう何かかな、と思います。

それはともかく、私たちのこの店は三年目を迎えたとき大きな変化がありました。私と白石さん以外の三人が辞めてしまったのです。もちろん理由はいろいろです。でもケンカ別れではありませんから何かと言えば駆けつけてくれたり、お客さんとしてやってきたりしています。

残った白石さんと私は役割を分けました。今度私は店のローテーションには入らず、店で必要なあらゆる物の調達係にまわり、店内の一切は白石さんが切り盛りすることになりました。

始めてから丸二年の間は店のオーダーストップを夜十時、なんてお客様本位のとんでもない時間設定にしてしまったことで、片付けなどを済ませて家に帰るのは一時、二時は普通のことでした。そして翌朝の給食のことあれこれ算段して寝るのはその後。いやはやいくら若くても気力だけでは身体が持たないと考えたのです。そうして店のカウンターの中には入らなくなりましたが、何しろ私がけしかけて始めてしまった店です。やはりどこまでも白石さんを支え続けていかなければなりません。そして私たちの中には、大変だからもう店を閉めましょう、なんて発想は全く生まれては来ないのです。

なんといっても、さまざまな活動をしてきた私たちが始めた店ですから、来て下さるお客さまの方もそういった関係の人がかなり多く、店自体は、始める前私たちがイメージした思いを着実に現実化しつつあります。

最近はたまにしかやってこないおとうさんも、「良い店になったね、やっぱりあの店は潰しちゃいけないね」、と言うのです。

とはいえ、初めてまだ三年目、果たしてこの先どんなことが待ち受けていることかと思います。ますます軌道に乗りますように、と心から願わずにはいられません。

第
3
章
素性のわかる給食に

十月の初めのある朝、下校時のことです。給食関係のあらゆる面でいつもお世話になっている篠崎さんと私、そしてこの境南小学校サッカー部の男の子のお母さんの三人は、ＰＴＡ室の前でおしゃべりしながら子供たちが来るのを待っていました。

私たちの足元には、昨夜私の家に届いた小川町の農家、山田宗正さんのお家でとれた二十キロほどの栗を、五百グラムずつの小分けにしたものが置かれていました。

しばらく待った頃、校舎の玄関口から下校支度の子供たちがまるではじき出されように現れました。その群れの中からバラバラと、数人ずつの男の子達が私たちのところにやってきました。どの子の顔もなんだかちょっぴり恥ずかしそうです。

「きみは誰?　そう久郷くんね。これしっかり頼んだわよ」

一緒に居たサッカー部のお母さんが、一人ひとり名前と学年をチェックしながら、例の小袋を手渡していきます。

この子たちは全員サッカー部の五、六年生のメンバーです。

「ねえおばさん、この栗むいたらどこに持ってくればいいの?」と聞く子がいます。

「君たちのお母さんにはちゃんと話してあるけど、明日の朝八時半までに給食室の裏に持って来て欲しいの。君たちが持って来てもいいのよ」。

つまり、いま子供たちに手渡しているのは、明日の給食で出る栗ご飯用のものなのでした。

給食で栗ご飯を出すのは、この秋二度目のことです。一度目はつい一週間前の事でした。その時三、四年生は遠足で留守。この時期をはずしては滅多に食べられないとあって、生徒だけではなく担任の先生方やお母さん達まで「なんで私たちがいない時ばかり出すの？」、と不服申し立てが続出してしまったのでした。

「なんで私たちのいないときばかり……」、というのは、たまたまその前の年もこの学年が遠足で留守にしていた時と栗ご飯とがぶつかっていたのです。食い物の恨みはなんとやら、という諺があります。

二年続きでは本当に申し訳ない、ということでその熱望に応え、もう一度栗ご飯を出すことになり、サッカー部のお母さん達に栗の皮むきをお願いすることになりました。

学校給食で栗ご飯を出すのはとても難しいのです。何しろ境南小学校はマンモス校で千食以上ですから、調理師さん達が小さな栗の皮むきをするのは大変な手間仕事です。でも、あのぱちっとふくらんだ濃茶の木の実は、秋一番の味覚です。

やっぱり一度は給食で子供たちを喜ばせてあげたい、と栄養士の海老原さんは考えたのでした。そしてある日、

「ねえ山田さん、ちょっと相談があるんですけど……。私子供たちにね、一度栗ご飯を食べさせられないかな、と思うんですけど……」、とまことに言いにくそうに切り出してきました。

もちろんなにを言いたいのかはすぐにわかりました。つまり誰かに皮むき作業をしてほしい、と言いたいのです。

幸い私たちのところには、宗《むね》さんの家の山でとれた見事な栗が沢山届けられてきます。もちろん防虫剤などで燻蒸されてはいません。

ご存じかどうかわかりませんが、お店でみかける栗のほとんどは例外なく、臭化メチルなどの劇薬で燻蒸されています。そうでないとあっという間に虫にやられてしまいます。あの硬い皮の上からどうして卵を産み付けられるのか不思議でなりませんが、ちょっと油断していますと中から白いコロコロしたクリ虫が大発生してしまいます。初期のものはともかく、秋が深まるほどに例外なくクリはやられてしまうようです。

「子供たちに給食で栗ご飯を！」

たぶんそれは、栄養士である海老原さんの長い間の夢だったのです。

その海老原さんの願いを受けとめた私たちは、ここ数年前から年に一、二回栗ご飯の皮むき作業を引き受け、結果子供たちはもちろん先生方からも大喜びされ続けてきました。

そのために私たちは、ずいぶんいろんなお母さん達に協力していただくことになりました。ある時は「かかしの会」の人たち、ある時は○年○組のお母さん達、ある時は料理サークルだったり、ＰＴＡの役員さん達の時もありました。

そしてこの日はサッカークラブのお母さん達にお願いすることになったのです。

どのお母さん達も、四の五の言わず、ごく自然に当たり前のようにして引き受けて下さいます。もちろんそうしたお母さん達は特に給食問題に関心を持つ、とか活動をしている、という人たちではないのです。

この時は栗の皮むきに集中しましたけれど、トウモロコシの皮を剝く、とか豆ご飯の皮剝き、焼きじゃが用の千個からの芋を数えるなども、ちょっと声をかければ何でも気持ち良く手伝って下さるのでした。

その辺の連絡を一手に引き受けて下さっているのが篠崎さんでした。

出来るだけ多くの人たち、毎回出来るだけ初めての人たちに参加していただき、子供たちの給食がどのようにして作られているのかその現場の様子を見て、知っていただきたい、の思いでしたが、一度来て下さった方々からは例外なく、いつでもまた是非声をかけて下さい、との嬉しい反応がありました。

そんな時、篠崎さんはとても嬉しそうで、それを聞く私も心から嬉しくなるのでした。

私は学校の外でもよく、いろんなお母さん達やその祖父母と思われる人たちから声をかけられるようになりました。

「子供が給食でお世話になっています。ほんとにありがとうございます」

そんなふうに挨拶をされますと、私たちの給食も学校の中だけではなく地域の中でも定着してきたのかもしれない、と実感できてつくづく嬉しくなるのでした。

境南小学校の給食は、児童数九九〇、教職員四五、合わせて一〇三五食です。

武蔵野市には市立の小学校が十三あります。そのうちの三校が自校式で残りの十校は二つの大きな給食センターで調理されています。中学校は六校ありますが、どの学校も各自弁当持参で給食はありません。

ところで私たちの境南小学校の給食時間に、放送委員の子どもたちによってその日その日の給食内容が紹介されますが、ある日の校内放送をご紹介します。

「給食委員会よりお知らせします。今日の献立はチーズパン、牛乳、小魚入りハンバーグ、サラダ、プラムです。今日は真っ赤な果物、プラムについてお話しましょう。プラムは今年初めてですね。これは山梨県白根町に住む芦沢さん二十八歳が作られたものです。一昨年までは、野菜市場に出すため農薬を使っていましたが、去年からは農薬をかけずに作っているそうです。私たちの学校で給食に使います、といったらとても喜んで、大きさも少しそろえてくださいました。

芦沢さんは、みなさんがこのプラムを食べたときの感想、すっぱい、甘い、どんな意見でもいいから教えて下さい、と言っています。意見のある方は、クラスの給食委員のお友達に伝えて下さい。それから、今日のハンバーグに入っている小魚は、静岡県の浜名湖でとれたものです。浜名湖の漁師さんから送られてきました。

良く味わって感謝して食べましょう。

これで給食委員からのお知らせを終わります」。

これは毎日ではありませんが、その季節ごとに初めての野菜や果物を使うとき、生産者と産地の紹介や、農家の人たちがどのような思いで作物を育てているかなどを出来るだけ詳しく紹介しているのです。他にも生産者やその家族、畑の様子の写真などもプリントして子供たちに配ったり、教室や廊下などに張り出したりもしています。

耳で聞き、舌で味わったものを、さらに目でも確認する、とでも言ったらいいのかもしれません。とにかく自分達が食べている物は、ただなんとなくそこにあるのではなく、どの食べ物も必ずどこかの誰かが一生懸命大切に作り育てた物であることを、ぜひ子供たちに知って欲しいと思うのです。それは作る方にとっても同じように言えるのかも知れません。

作った物をただ市場に運び込むのではなく、このようにしっかりとどこの誰が、どういう人が、どういう子供たちが食べてくれるのかを知ることで、初めて本当の歓びと信頼関係が生まれていくのではないかと思います。当然、その両方を結ぶ作物はいやでも安心して食べられる美味しいものになるはずなのです。

ぜひ子供たちには、そういうことを知って欲しいと思いました。

そして月毎に配られる献立表も、そのことに大きな一役を担っています。

欄外の余白をうまく使って、給食で使っている油や砂糖、醤油他さまざまな加工食品について原材料や製造方法などについて市販の物と併記する形で出来るだけ詳しく説明し、その違いがはっきり解るようにしています。

この献立表はどのお家でも、たぶん台所の冷蔵庫や壁当たりに貼り付けられていると思いますので、お母さん方へのちょっとした啓蒙とアドバイスにもなるのでは、と思うのです。そしてこの給食が何より良いのは、とっても美味しいことです。子供たちは「日本一美味しい！」、と言ってくれています。

チャイムが午前中の授業の終わりを告げると、子供たちが待ちに待った給食時間になります。クリーム色の四角い受け皿を持って、子供たちはズラリと並びます。白い巾着帽子に白い上っ張り姿のお当番さんたちが、大きなバケツやバットから今日の料理を次々と取り分けていきます。注いでもらった子は、こぼさぬようにそっとそっと席に着きます。

そしてみんなが揃って食べ始める頃、例の放送委員の子供たちがその日の食材に関するお知らせを校内放送で流すのです。ちゃんと聞いている子、いない子、子供たちの様子は本当にさまざまですけれど、あの小さくて可愛い耳のどこかに少しは引っかかっているのではないかと思います。

「低学年用には、もう少しやさしい言葉にしてもらえませんか？」、と時々一、二年生担任の先生方からの注文があるそうです。そのように先生方も関心を持って下さっているのが解るのはとても嬉しいことです。

春が終わり、夏になる頃には、リンゴもミカンも終わり、くる日もくる日も甘夏ばかりになってしまいます。もちろん街の店頭には、いつでもいろんな果物が並んでいます。バナナにイチゴにキウイとか、季節に関係なく、しかも日本では穫れないものも沢山あります。でも私たちの境南小学校は、その季節に穫れる果物に限定していますので、ミカンとリンゴばかりとか、甘夏ばかり、ブドウばかり、とどうしても出すものが片寄ってしまいます。それだけではなく、高学年と低学年とで食べる果物が違ってしまうことも良くあります。安心して給食で使える果物で千食以上の量を揃えることは、私の力量ではなかなか大変なことでした。

ですからいつでも各地の農家の情報に、何か良い果物、食べ物はないかとアンテナを伸ばし続けています。

黄色い甘夏ばかりのころに、ひょっこり真っ赤なプラムが出ると、子供たちだけでなく先生方まで大喜びです。こうして子供たちには、野菜にも果物にも、それぞれ穫れる季節があることや、さまざまな色の変化に気付いてもらいたいのです。

「わあい、赤いぞ！　赤いぞ！」

「今日はプラムだ、プラムだ、嬉しいな」

こうして突然変化があると、子供たちはそれだけで喜んでしまいます。たぶん家に帰れば、お店で買ったいろんな果物があるのでしょうけれど、学校給食というものは、子供たちにとっては全く別の世界に違いないのです。

このプラムが出た日、栄養士の海老原さんが各クラスを覗いてみると、そうした子供たちの大きな興奮が直に伝わってくるそうです。低学年のクラスで、なんだか胸の辺りが膨らんでいるな、とそっと触ってみると、「これ、お母さんに持って帰るの……」と照れてしまった女の子がいたそうです。まるでリスさんのように両手で挟んでゆっくり食べている子がいたり、「ほんとにみんな嬉しそうなの……」、とそんな子供たちの様子を話す海老原さんの笑顔がいちばん嬉しそうにみえるのです。

いまこの学校では、栄養士さんだけではなく、七人いる調理師さん達も手分けして、さまざまなクラスに入って子供たちと一緒に食事をするようになっています。これは二年前にこの学校に移ってこられた校長先生の発案でした。

給食の調理場は裏も表も全てがガラス張りで、その気になれば誰でも中の様子を見ることが出来ます。調理作業が進んでいきますと否でも応でも、その美味しそうな匂いが学校中に漂っていきます。休み時間ともなれば、沢山の子供たちが目白押しで調理場の中を覗きに来ます。でもその調理師さん達が、食べる子供たちの様子を見ることはほとんどありません。それで時々子供たちと一緒に食事をしてみるのはどうだろう、というのがその校長先生の考えでした。

自分達が作ったものを、子供たちがどんな様子で食べているのかを直に見たり聞いたりするのは、大きな励みや歓び、そして参考になるに違いありません。

子供たちにとっても、それは大変思いがけない訪問者であり、ガラスの向こうにいた人たちが急にぐんと身近な人たちになることで食事の味も変わってしまうと思うのです。

さて、給食室には栄養士さん、調理師さんだけではなく、三人の嘱託おばさん達もいます。調理師さん達によって作られたものを、調理室から各階、各教室に届けるのが主な仕事です。そういう意味では調理師さん達よりずっと子供たちに接することの多い人たちです。このおばさん達は、毎日おいしい給食を待ち受ける子供たちのはやる思いを直に受けとめています。それだけではなく、調理に手間取り届けるのが遅れる時には、その理由を話して子供たちを慰めたりもしています。そして食べ終わった後の子供たちの感想を真っ先に聞くのもこのおばさん達で、大変役得な人たちだと私は思います。

この人達は正職員ではありませんから、立場としてはとても不安定だといえますが、沢山の子供相手のこの職場ではとても大きな役割をしている、と私は思っています。学校中に流れる良い匂いと共に、カラフルなエプロン姿のこのおばさん達の姿が、校内のあちこちに現れるのはなんともいえないほっとする光景です。

「無農薬野菜の安全給食」「農業とかかわる学校給食」、これがテレビや新聞、さまざまな雑誌などで紹介された私たちの給食につけられたレッテルです。

今の世の中には、「給食運動」と呼ばれる活動は数限りなくあります。ことに文部省が学校給食の民間委託、給食センター化、調理師さん達のパート化などを打ち出してきたのをきっかけに、それまで給食問題などにはほとんど関わって来なかった自治労とか日教組の人たちまでが、にわかに行政による給食擁護に動き始めてきました。

これまで特に一般市民というか、ＰＴＡの父母などによってなされてきた活動は「擁護」ではなく、よりよい給食に改善、つまり良くしていきたい、というものがほとんどでした。

例えば子供たちに先割れスプーンやポリエステルの食器を使わせないで欲しい、とか合成洗剤や中性洗剤を使うのを止めて欲しい、とか食材料の危険性の訴え、なかにはお弁当持参にしてほしい、とか給食そのものの中止を求めようとする人たちもいますが、そのような人たちはごくごく少数派であるのが現状です。ですから大きな力を持つ学校や行政を動かすことはなかなか出来ません。ところが今、文部省が学校給食の民営化を打ち出してきたことで、にわかに日教組や自治労が積極的に動き出してきたのでした。

これまでテコでも動こうとしなかったこの二つの大きな組織が動き出したことで、給食運動はいきなり活気づくことになりました。

そして自治労はズバリそのもの、「いま学校給食が危ない！」、という映画作りまで始めてしまったのです。

ところがどこでどう話が進んでしまったのか、この映画に私たちの給食のことが取り上げられることになってしまいました。映画制作を請け負ったある映画監督さんから取材申し込みがあった時、私たちは大いに戸惑ってしまいました。なぜかといえば、それまで自治労に所属する栄養士や調理士組合の人たちから、栄養士の海老原さんはいつも睨まれ、文句ばかり言われ続けてきたからです。

それはどういうことかと言えば、境南小学校の調理師さん達は他の職場の人たちと違って過重労働をさせられている、ということだったのです。私が持ち込む野菜はドロつきだったり形も揃っていない、つまりそれは農家の手抜き作業のものであり、商品価値のない品物である。卵なんかも殻が固すぎて割りにくく、下手をすると調理師に怪我をさせる恐れがある、洗う手間、切る手間、いろいろ大変である。などといったクレームが絶えなかったのです。

今まで、家庭でも職場でも決して扱うことの無かった私の持ち込むような野菜や果物たちは、そのようなものに慣れていなかった調理師さんたちを戸惑わせたり、腹立たしく思わせてしまったことは解らないでもありません。

それまで町の八百屋さんから届けられていたものは、とにかく見栄えがよく形も揃っているものばかりだったのです。それは調理師さんたちだけではなく、普通に暮らすほとんどの人にとってはごくごく当たり前の事でした。

私たちはついひと昔前までの農業のこと、食べ物のことをすっかり忘れてしまったのだと思います。ことに直接生産現場を知らない人々にとっては、ちょっと前までの食べ物のことを思い出すことさえ出来ないと思うのです。そんなことになってしまっているいま、いきなりドロの付いた大根や芋類、そしてうっかりすると芋虫さんもついているような葉物類を相手にすることになってしまった調理師さんたちから、文句が出ない方がおかしいのかもしれません。

「境南小に行くと殺されるぞ！」と他の職場の調理師さんたちが言っている、という話も聞きました。良かれ、と思っている自分達の思いと、そうでない立場の人たちとのこの大きなギャップをどう埋めていったら良いのか、それはひとえに海老原さんの肩にのしかかる大きな問題でした。

私にとっての理想を言えば、このように食べ物を扱う仕事の人たちは、ただ調理場にいるだけではなく、自分達が扱うその食材の生産現場を訪ね、なにがどのように育つのか、作られているのか、特に農産物はその年、その時の気候の在り方次第で出来不出来がはっきりと表れてしまうことなど、自分の目と感性で知る必要があるのでは、と思うのです。

でもいま現在、こんなにも多くに細分化されてしまった社会の在り方の中で、こんなことを言ったり望んだりなど、土台無理なことはよく解っています。

でも、もしこの小学校の調理師さんたちが一度でも良いから直接農家に出向き、その現場を見、農家の人たちと言葉を交わす機会があれば、このような食材の見方や理解度は大きく変わるに違いない、と私は思うのです。

それは先生方についても言えることではないかと思いますが、現実には食べる側と作る者は大きく隔てられ、都市に住む私たちが日常見る店先の野菜や果物は、もうその生まれ育った産地の土の香りも、風のそよぎも、それを育てた人たちの汗の匂いも心も感じることは出来ません。

「無農薬野菜」とか「自然食品」とかいう十把一絡げの呼び方ではなく、星さんのリンゴ、早川さんの卵、宗さんの大根、などと一つひとつの物の生産者の名前をあげることの出来る今の「かかしの会」の在り方が、どんなに安心で心豊かなものであるかと改めて思います。

ところで話を一般の給食現場に戻していきますと、食べる側の安全性ではなく、その現場で働く人たちの労力をいかに少なく、軽くしていくかの方に重点が置かれ、調理に関するさまざまな行程を次々と機械化していくことが良し、とされているのが現実です。それはこれまでの自治労の目的そのものでした。

ですから、それに逆行する行為の私たちの給食の在り方は、組合側からみればとんでもないことだったのです。ところがいまになって、まるで掌を返したように、行政がやるからこそ境南小学校のような給食づくりが可能なのだ、という視点で映画の中に取り入れたい、という自治労からの申し入れはなかなか素直に受け入れることは出来ませんでした。

でも最終的に私たちは、この話を受け入れることにしました。それはこの映画作りを請け負った監督さんの、「いろんないきさつ、思いはあるでしょうけれど、大切な事は、他に例のないこの学校の素晴らしい給食の存在を、一人でも多くの人たちに知ってもらうことではないでしょうか……」、という誠実で根気強い説得に負けたからでした。

境南小学校の給食には、産地や生産者のことをしっかり伝える、という他にもいくつもの特徴があります。

例えば、五、六年生の子供たちの家庭科の調理実習の時に使う食材は、やはり私が給食の食材と同じものを用意していることです。つい数日前にもその授業がありましたが、その時の注文の様子を書いてみます。

まず、レタス三個、ジャガイモ四十個、卵四十個×五クラス分」というのがそれです。ジャガイモも卵も一人に一個当ですが、今回の授業はジャガイモの皮むきの実習だそうです。この時初めて包丁を持つ子も多く、包丁の刃を手前ではなくまるでゴボウのささがきのように外に向けて使おうとする子が結構多いそうです。ですから皮が厚くむけてしまって、丸ではなく角ばったものになってしまったり、食べるところないんじゃない？　といったことになってしまいます。

それだけではありません。理科の授業で使うジャガイモやタマネギなども私が用意しています。こちらは芽の出る様子を見る、観察するためです。子供たちが町のお店で買って来た物は、なかなか芽が出ないのだそうです。それは店先で売られているものはすぐに芽が出ては困るので、芽止め処理がなされているからなのです。

またある時は、五、六年生の移動教室の宿泊先に、直接農家さんからリンゴを送ってもらったこともありました。秋の高原で食べるリンゴは、また一段と美味しく感じられたのではないでしょうか。その後その農家には、子供たちの可愛いお手紙が沢山届いたそうです。

ここ数年、私たちは北海道十勝の林育雄さん関係の農家さんからジャガイモをいただき続けています。遠方であることから、ある程度まとめた量を箱で送ってもらうのですが、北海道に比べこちらの気温はずいぶん高いため、冬の終わり頃になるとニョキニョキすぐ芽が出てきてしまいます。

物置に積んである箱をぱかっと開けると、まるでもやしの箱を開けたかと思う程に白くみずみずしい新芽が林立しています。そのままにしておくと芽に栄養分を全部吸いとられてしまいますので、私たちは手分けして芽かき作業をするのですが、元気の良い芋たちは、何としても生きようとするのか、かいてもかいてもすぐに白い芽をポチッと出してくるのです。うっかりかき忘れた箱の下の芋からは、上の方の芋のすき間を通って十センチ二十センチも伸びてきます。

生きているジャガイモって本当にすごい！　とつくづく感心してしまいますが、そんなに芽が出るなら校内農園に植えてみましょう、ということになりました。

それにしても、ジャガイモやタマネギから芽が出る、こんなあまりにも当たり前の事が当たり前ではない世の中って、本当にどうかしていると思います。

調理実習では、長ネギやほうれん草などを使うときもあります。

もちろん私の運ぶネギは、土の付いた皮をかぶり、ヒゲ根もついています。

ほうれん草だってピンクの根っこつきです。これがまた先生方の間で一悶着というか、騒ぎの種になったりしています。限られた時間内の授業ではこの処理だけで時間切れになってしまう、という先生と、いえこれの方が本来の姿を子供たちに見せられて本当の教育になる、という先生に分かれてしまうとのことです。結局後者に軍配が上がりましたが、何より嬉しいのは先生方がこのような食材を授業の中に取り入れることを受け入れて下さったことです。

先生方がよくここまで踏み切って下さった、と思いますが、それにはやはり栄養士の海老原さんの大きな努力がありました。

私などはつい気安く「海老原さん」、と呼んでいますが、子供たちからは「海老原先生」と呼ばれていて、席もちゃんと職員室の中にあります。

栄養士さんの席が職員室にあることを、私などはごく当たり前と思っているのですが、他の学校の話を聞くとなんだかそうではなく、職員室にある方が珍しいことが解ったのです。それどころか、栄養士さんさえ不在の学校もあることも解ってきました。

境南小学校は、海老原さんは職員室にいて、朝の職員会議にも当然参加することになります。それはとても大きなことで、その時海老原さんは、その日の給食内容について特に注意したり知って欲しいことを、全て先生方に伝えることが出来ていたのでした。もちろん逆に先生方からの要望や感想を聞くことも出来るわけですから、こんなに良いことはありません。

ところでこの海老原さんがこの学校で働くようになってから、かれこれ十数年になるとのこと。五十人前後もいる教職員の中でもかなりの古株といえます。だからこそ、沢山の先生方に対して臆することなく何でも言えるのかな……、と思います。

その海老原さんは、他にも面白いことをやっています。それはＰＴＡのお母さんたちの要望で月に一回料理サークルを開いていることです。

この料理サークルを始めたのは、その日その日の給食を食べた子供たちの「おいしい、おいしい」の大評判がきっかけでした。

学校で美味しい物を食べた子供たちは、それと同じものを作って、とお母さんたちに要望するそうなのです。それを受けたお母さんたちが今度は海老原さんに作り方を教えて欲しいとお願いすることになり、特に評判のいいもののレシピを作ってお母さんたちに配り始めました。でも家で作るものは何だか違う、学校のと同じではないよ、と子供たちは納得しません。そこで実際に一緒に作ってみましょう、ということになったのでした。

毎回参加するお母さん方は二十人前後です。場所は学校の家庭科室か、地域のコミュニティセンターを使っています。そしてその食材はもちろん私が用意しているのです。なぜなら、給食と同じ食材を使わないと同じ味は出ないからでした。

その分私の仕事はますます増えてしまいましたが、これはとても嬉しい広がりであることは言うまでもありません。

その他にも境南小学校では、近くの農家さんの畑を借りて「ちびっ子農園」、なるものもやっています。

夏はトウモロコシ、冬は大根、と作る物はいつも決まっています。そして土を耕すのは農家のおじさんですが、種をまいたり草とりをしたり、収穫したりは子供たちとＰＴＡのお母さんたちです。

その「ちびっこ農園」は私の家の近くにありますから、その作業日は沢山の数の自転車部隊が走り抜けていきます。その中にはいつも海老原さんもいて、ニコニコしながら私に手を振っていきます。そのなんともさわやかな笑顔がたまりません。

でもその「ちびっこ農園」も、始めた頃にはちょっとした問題が時々発生していました。それは慣れない子供たちやお母さんたちの草取り作業では、しっかり除草が出来ないどころか上部だけをむしって終わり、のものが多いので、少し経つと草たちはさらに分けつして、前よりもっと茂ってしまうのです。それを見かねた農家の人は、子供たちの苦労を減らしてあげようと度々除草剤をかけて枯らしてしまっていたのです。私はなんとしても、それは止めて欲しいと思いました。

それで余計なお節介とは思いましたが、お母さんたちに農薬の危険性を話し、大変でももっと丁寧に作業をするように話してみました。もちろんお母さんたちは快く受けとめてくれました。

おかげでそれ以後、その畑での収穫物はけっこう量が多いのです。もちろん、夏のとうもろこしは夏休み中で給食では使えませんが、冬の物はある日突然、私へ入っていた注文がキャンセルされてしまうようになりました。

そんなときは、朝の給食室の裏に、まだみずみずしい土をつけたままの沢山の大根たちが、自転車に乗ったお母さんたちによって次々と運ばれてきます。

朝から畑に行って収穫してきたのです。大根の収穫って、けっこう力が要り大変なのです。お母さんたち、ずいぶん頑張ったなあ、と本当に感心してしまいます。そしてその後の給食には、手をかえ品をかえの大根料理が数日間続くことになってしまいます。

畑での収穫に合わせて、臨機応変に献立を替えることのできる給食、それはやはり柔軟にものの考え方が出来る海老原さん、という栄養士さんがいてこそではありますが、その現場が給食センターではなく、自校式であればこそ、と私は言いたいのです。

それにしても、このようなことが出来る給食って他にはあまり例がないと思います。私はもちろんのこと、こうしてさまざまに関わって下さる沢山のお母さんたちも、誰一人として運動としてやっているわけではありません。自分達の子供たちが通っている、そしてその子供たちが毎日食べているその給食づくりに何の理屈もなく、ごくごく自然に参加し関わって下さっています。

ある時、他の地区の給食学習会に参加したことがありましたが、こうした私たちの実践について話しましたところ、公の学校で何でそんなことが出来るのですか?!　とみなさん本当にビックリされていました。私たちはごくごく自然に、何のかまえもなくやっていることなのですから、そんなに驚かれることにビックリしてしまいます。

でも一番嬉しい事は、境南小の子供たちはほとんど食べ残すことなく、美味しい美味しいと全部食べてくれることではないのかな、と思います。

子供たちのそんな姿が私たちにとっては何よりもうれしく、大きな励みになっています。

よし、明日からまた頑張るぞ！　って……。

第4章 千個のコロッケもなんのその

いろいろ楽しいこと、嬉しいことの沢山ある私たち境南小学校の給食ですけれど、いまのようになるまでには、実にいろいろありました。

最初のきっかけは、この学校の子供たちの援農作業から生まれました。もちろんそれは私たちの「かかしの会」とも深い関わりがあります。

私たちが埼玉県小川町の農家とのおつきあいを始めたのは、今から十年ほど前のことですが、その時初めて取り組んだのは米作りでした。

山田宗正さんのお父さんの田んぼを二反お借りして、始めました。

この米作りの話が出た頃は、まだ「かかしの会」はありませんでした。

「人が生命をつないでいける、安心して食べられるお米を作ろう！」、という思いと意気込みだけはありましたが、なにをどう取り組めばいいのか皆目見当がつきませんでした。

農家の人がいうには、農薬も除草剤も使わずに作るからには、夏場三回ある田の草取りの人手だけはどうしても確保して欲しい、とのことでした。

私の三番目の娘志乃は、その時小学校二年生で、担任は東条信子先生でした。この先生とは、二番目の娘冬子が一、二年生の時も担任でしたので、その人柄はよくわかっていました。

この先生は親たちに向かってはとても無愛想な人でしたが、子供たちとは実に良く遊んでくれる人でした。それだけではなく、食べ物や環境問題には深い関心があって、頻繁に出される学級通信がそのことを物語っていました。

そうだ、この先生に相談してみよう、なんとかなるかもしれない、と私は思いました。これは大成功でした。この時、この先生との出逢いがなかったら、いまの境南小学校の給食は無かったと思います。

先生に話しますと、二年生の社会科では日本の米作りの話が出て来ます、まずクラス行事として「田植え見学」というのはどうですか？　と言って下さり、さっそくクラスのお母さんたちに呼びかけ実行に移されました。

私たちが関わる小川町の農家は、中央線の八王子駅と群馬県高崎駅間を結ぶ八高線のほぼ真ん中辺りにあります。

私たちの利用する中央線武蔵境駅で朝八時半くらいの電車に乗り、八王子で乗り換え、着くのはお昼前の十一時半頃、片道で合計約三時間もかかってしまいました。

車ですと約二時間半で着くのですが、電車は大回りするようです。本番の田の草取りの時には、一時間早めましょう、ということになりましたが、小学一、二年生のクラス行事にしては少しばかり遠出になってしまいました。

目的の宗《むね》さんの家までは、小川町駅の次の「竹沢」という小さな駅で降りて、さらに二十分ほど歩きます。初めは開けた静かな道なのですが、途中からは前後左右を落葉樹の多い小高い山々に囲まれた道に変わります。そのところどころには宗さんのお父さんが丹精込めた手入れの良く行き届いた杉や桧の山などもあります。

そうした山々の間に宗さんの家の田んぼはあります。でも着いてみてびっくり！　でした。私たちは「田植え見学」をするはずでしたのに、宗さんの家の七枚の田んぼには全部かわいい苗が植わってしまっていたのです。

こちらの連絡の仕方が悪かったのか、あちらの取り間違いなのか。とにかく田んぼはすでに静まりかえり、幼い若葉が風にそよぐばかり……。

まあ、何とも致し方がありません。「やっぱり田植えしているところを見たいわねぇ……」、とお母さんたちが言い出しました。すると宗さんのお父さん「あの山の向こうの農家ではまだやってんべえ」と言います。

宗さんの家の山からは、きれいな清水が湧き出し、それが沢になり、その下にその水をため込む沼があります。その沼のほとりでお昼を食べた私たちは、その山の向こうの田んぼまで行ってみることにしました。

いったいあの時、私たちはお父さんとどんなやりとりをしたのか、また田植えのことと同じにお互い言葉が足りなかったのか聞き間違えたのか、実は山の向こうに田んぼはありませんでした。

お父さんの言う山の向こうとは、山裾をぐるっと回って行かなければならない全く別な集落のことだったのです。

でも私たちはそんなこととはつゆ知らず、腹ごしらえをすっかり済ませて沼の先の林の中に入って行きました。それは丁度いま流行の森林浴のようなもので、良く晴れた青空の下、新緑の木々の間を歩くのはとても気持ちが良かったのです。

「あ、みつばがあるわ」

「ぎぼしもよ」

「これはどくだみ、この辺は汚れていないから安心ね」

「あら、懐かしい……ゲンノショウコよ」

お母さんたちは上より下を見て、いろんな物を見つけては喜んでいます。

この辺り、秋は沢山のキノコの宝庫とのことですが、春キノコもけっこう顔を出しています。

そのうちどこでどう間違えたのか、気がつくとその先には道がありません。まるで吸いとられてしまったかのように消えています。無ければないで歩けばいいのに、やっぱり道が無いと不安になるものです。仕方がない、上の方に行ってみましょう、と道なき斜面を登っていくと、ありました！　あるかなしかの道ですけれど、多分この道はこの山の持ち主が歩くだけの本当に個人的な小道です。

道ってやっぱり人が歩かないと出来ないのですね。本当に人が歩いて道になる、とはよくいったものです。そんな道でもみなさん本当にほっとして、今度はその道に沿って歩きました。

結局山の向こうの田んぼは見つからず、その代わりに見つけたのはプラネタリウムを抱え込んで建っている「埼玉県立少年の家」でした。

全く予想もしなかった成り行きになってしまいましたが、この日の出来事はしばらくの間私たちの間で共通のよい思い出、よい笑い話になりました。

二回目の竹沢行きは七月初めの日曜日、いよいよ田の草取りです。

この日、クラスの参加者は幾分減りましたが、代わりに別の学年の子供たちも加わり、総勢四十名ほどの集団になりました。

現地に着くと子供たちは、田んぼの縁に立った宗さんをまるで先生のように取り囲み、まじめな顔をして田の草取りの手ほどきを受けました。

でもその後の行動は、とても田の草取りとは言えません。まるで巨大な泥んこ遊び場に入り込んだと勘違いしてしまったかのように、ワイワイ、キャアキャア、ドロのハネを飛ばしながらの大騒ぎになってしまいました。

もちろん田んぼは惨憺たるありさまで、もう一度田植えのやり直し状態になってしまったのです。

小川を挟んですぐ隣には、トマトが二畝、その隣はジャガイモ畑でした。

どろ田から上がった子供たちは、今度は宗さんのお父さんと一緒にジャガイモ掘りです。

この年は雨が多く、路地に植えられたトマトは身割れがひどい、とのことでしたが、赤くなったトマトを直接もいで食べるのはまた格別のおいしさです。

田や畑から逃げ出して、近くの沢とも言える小川に入り、メダカやザリガニを追いかけ回す子も沢山います。

宗さんやお父さんたちが作った堆肥の中からは、カブトムシの幼虫がいくらでも掘り出せます。まるでここは子供たちにとって天国のようなところでした。

初夏の田植えは出来ませんでしたが、夏田は十二分に満喫できた楽しい一日でした。

稲刈りは十一月初めです。いよいよ待望の収穫の時が来ました。その日は暑いくらいに素晴らしく晴れ上がった上天気でした。

その日もまた、この山あいの田んぼには沢山の子供や大人が集まりました。

初めて田んぼに足を踏み入れてから五ヶ月が経っていました。実際にお米がなっている、つまり初めて稲穂を見る子がほとんどでした。そして子供たちは田んぼのあちこちに立っている「かかし」を、本当に珍しがって眺めていました。

久しぶりにやってきた子供たちは、田の草取りの時に植えてあった弱々しい緑の細い草が、こんなふうに逞しく重い穂をつけた大人の草になっている、その変容ぶりがとても信じられないようで、なんだかみんなとても興奮しているように見えました。

まず宗さんのお父さんとお母さんが、ぐるりの稲株にサクサクと鎌を入れていきます。まるで魔法のような切れ味です。それは稲刈機を中に入れるための作業でしたが、雨の多いこの年は稲刈機を入れたとたん、その重みで沈み込んでうごかなくなってしまいました。そこで、これは手刈りでやるしかない、ということになり、くどいほどに手を切るなよ、と言い聞かされて鎌を持った大人や子供たちは、大きなイナゴのように稲に挑戦し、田んぼを少しずつ裸にしていきました。

母屋の庭では、みんなが「五十人鍋」と呼んでいる大鍋が火にかけられ、何人かのお母さんたちも手伝いながらアツアツの豚汁づくりに励んでいます。中身の野菜はもちろんとれたてのものばかりです。美味しくないはずがありません。慣れない鎌を持っての作業のあとです。瞬く間に大鍋が空っぽになっていきました。

刈り取りの済んだ田んぼには、すぐに稲架が組まれました。子供たちは束ねた稲を次々運んできては、それを掛けるおじさんの手に渡していきます。どの子もどの子も一生懸命です。その情景は何とも言えない秋の風物語です。

そしてその日、私たちの「かかしの会」の名が生まれたのです。

初年度の収穫量は全部で九表、反当たりは四、五表でした。

普通の田んぼでは七、八表は穫れるということですから、決してよいできではありません。それでも私たちはとてもとても大満足でした。延べにしたら百人からの人手がかかっていますが、生まれて初めての人も多く、本当に最高の体験、米作りだったのです。

この間、東条先生はいつも子供たちを引率して下さいましたが、そうでないときも時々私と一緒に、つまり個人的に小川町に行って下さいました。その先生がある時、「あのう……、境南小の子供たち全員にも、ここで穫れるお米や野菜なんか食べさせてやれないかしらね……」と言い出しました。

私はそんなこと、ついぞ思いもしませんでしたが、先生は自分のクラスの子供のことだけではなく、学校全体の子供のことも考えていたのでした。

「そうですねえ……」

と言ってはみましたが、実際のところお米はわずか九表しか穫れませんでしたし、他に取り組んでいたジャガイモも、今年は雨で半分はダメになってしまいました。トマトはもちろんダメ。とてもとても千人からの子供たちの分など考えられない事でした。

でもいつもの私の悪いクセで、「できない」とは言いたくないのでした。

でも「やりましょう」、とはもっと言えませんでした。

「すぐに、とはいきませんが、二人で少し考えてみませんか？　少し時間を下さい」

と私。

東条先生は先生で、少しずつ栄養士さんや校長先生に働きかけてみる、ということになりました。

そこで私達はさっそく行動を開始しました。その頃はまだ、小川町の野菜は十日に一度くらいのペースでしか私達のところに届いていませんでしたが、その中の一部を私が学校に運び込み、まず栄養士さんや先生方に味とかドロ付きの姿を知ってもらうことにしました。

野菜が来る度来る度、私は学校に通いました。そうしながら、私は後に運命を共にする栄養士の海老原さんと親しくなったのでした。

こうして振り返ってみますと、東条先生というちょっと風変わりな一人の先生が、学校の内外で果たして下さった役割がどんなに大きなものであったか、といまさらのように思うのです。

職員室への野菜運びがどれくらい続いた時だったでしょうか。多分私たちが小川町へ通い始めた次の年の冬のことだったように思います。

ある日、東条先生から「校長先生のＯＫがとれたのよ」、という嬉しい知らせが届きました。まるでウソのような思いがしたのですが、それは本当のことでした。

でもそれにはもちろん条件がついていました。

「その食材を特別扱いせず、給食の一素材として扱うのならばいい」、というものでした。つまり、「無農薬野菜」とか「有機農産物」「安全食品」といった言い方で子供たちの前に出さない、ということでした。

もちろん私たちはそれで良かったのです。そんなレッテル的な表現をしなくても、いくらでも紹介の方法はあります。それに校長先生の出した条件は十分うなずけるものでもありました。

境南小学校は、一丁目から五丁目まである全境南地域の子供たちが通う公の学校です。この域内には八百屋さん、肉屋さん、お米屋さん他、さまざまなお店がありますし、通っている子供たちの親御さんたちだって実にさまざまな職業に就いているわけですから、私たちが扱うものに「安全」、良い物というレッテルを貼ったとき、じゃあ他のものはどうなのか、という疑問は当然出て来てしまいます。

例えばある時、ひとりの先生が授業の中で、森永のヒ素入りミルクで沢山の赤ちゃんが犠牲になったことを話したところ、父親が森永で働いている女の子が泣き出してしまったことがあったそうです。

子供に物事の善悪、社会悪のことを教えるのも教育の一環であるはずですけれど、なかなか難しい現場であると思います。

さて、さっそく何から始めましょうか、と私たちは嬉しい相談を始めました。

そしてまず手始めにミカンでいくことに決まりました。

その頃、私たちは静岡県興津市にある禅寺、龍泉寺のミカンをいただいていました。この龍泉寺には裏山にミカン畑があり、前庭は全部茶畑になっていました。どちらも農薬化学肥料は一切使っていませんでしたが、特に裏山のミカンは自然栽培そのもので、一切手をかけていませんでした。

もちろん粒は揃ってなどいませんし、本当にこれは新種のごま塩ミカンです、といったほうがいいんじゃないのか、と思う程に、オレンジ色のミカンの外皮には黒いごま粒状のカイガラムシが張り付いていたのです。

季節が冬に入りますと、そのミカンが早生《わせ》、中早生、晩生《おくて》と順々に熟してきます。それに合わせて私たちが、いつも数人の人集めをして泊まりがけで出かけて行き、実のもぎ取り、計量、箱詰めを全部やり終え、次の日東京に戻ってくるのでした。

一般的に静岡のミカンは酸っぱい、と言われていますが、暮れのうちはともかくお正月を越して、何度も霜を受けますと、その酸っぱさが甘さに変わり、とても濃厚で美味しいミカンになっていきます。こういうミカンを食べ慣れていますと、たまに市販のミカンを食べるとちっとも酸味がなく、なんだか力のない気の抜けたもののように感じられます。

一般のミカン農家さんでは、この酸味をとるため、減酸剤という薬品を散布しているそうです。強く使用が禁止されている塩素系のものを別名「さとかけ」と呼んで隠れて使っているということをよく耳にします。酸味は塩と同じで、少しはないと全然おいしくないと思います。ちょっと説明が長くなりましたが、このお寺さんのミカンを、私たちは給食で出してみることにしました。

普段食べ慣れないパンチのきいたミカンを口にして、子供たちはどんな顔をするかな？　と思っただけでも楽しくなります。

給食で出す前に私たちは、ミカンの説明を書いたお便りを先生方に配りました。

いま市販のミカンがどのように栽培されているのか、その実情を書き、今回出すミカンへの理解を得るためのものでしたが、東条先生と海老原さんには直接先生方に話していただきました。

ところで海老原さんから私へのミカンの注文の仕方は変わっていました。キロ数ではなく、「千五十五個お願いします」でした。

私たちはお寺さんから十キロ単位の箱数で買ってきていますので、一箱に何個入っているか全く解りません。ともかくまず一箱を座敷にひっくり返してみました。一本の木になっていたもの全部がひとつの箱に入っているのですから、何しろ大中小さまざまです。手伝いに来てくれた友人と一緒に、まず大きい方から数えはじめました。

「二、四、六、八の十、二十……」

途中でうっかりしゃべろうものなら大変です。いくつだったか忘れてしまい、また初めからやり直し、ということを何度も繰り返してしまいました。

それでも心配で少し多めに入れたりしましたが、でも百個足りなかったなんてこともありました。

この千百個近いミカンは、箱にして約七ケースになりました。その七ケースをどうやって学校に運んだらいいのか……。その頃の私はまだ車の免許がありませんでした。考えても仕方がない、自転車で七往復すればいい、とすぐに答えは見つかりました。

翌朝、まず一箱を自転車の荷台にくくりつけ、娘達よりもずっと早くに家を出ました。一回、二回、三回、四回……と家と学校を往復すると、いやでも体中汗ばんできます。そしてなんだか私ってとんでもないこと、始めてしまったのかな？　の思いも心をよぎります。五、六回目あたりになりますと登校する子供たちと一緒になり、知っている子供を見つけては「ねえねえ、今日はね、いまおばさんが運んでいるこのミカンが給食で出るからね」、と声をかけずにはいられませんでした。

そんな声かけだけではなく、本当はもっと詳しく説明したくてたまりませんでした。何しろこのミカンは、ほら、あの海の近くのお寺さんの裏山に生っていて、私たちが自分でもいで、一緒に行った娘達も手伝って箱に詰め、私の家の部屋で一個一個数えて……、そうしていまこうして運んでいるのよ、と言ってあげたかったのです。

その日の給食の時、子供たちの反応は実にさまざまだったそうです。

今の子供たちは私などの子供の頃と違って、こんなごま塩のついたミカンを見るのはほとんど初めて、初体験です。食べてみると、これまで食べてきたものとちがってとにかく酸っぱい。それでも食べてみる子、食べようとしない子。酸っぱい！　と騒ぐ子、意外に美味しい、と喜ぶ子、本当に賑やかなことになってしまったようです。

給食で出す前、調理師さんたちは、なんとか黒い点々を落とそうとずいぶんたわしでゴシゴシやったと聞きました。なんとも人騒がせなミカンでした。

でもとっても嬉しいニュースがありました。例の米作り体験で、二度も竹沢に行ったことのある子供たちは「これきっと竹沢のミカンだよ」、といって喜んで食べたそうです。なんとも嬉しい勘違いです。直接竹沢に行き、そこで穫れた食べものを食べた経験のある子は、作る人と食べる自分達がつながっている印象を、いつの間にか自分達の中に育て上げていたのかな、と思います。

この時のミカンの搬入をきっかけにして、その後は小川町の大豆や人参、ジャガイモなどが沢山穫れたとき、鹿児島県出水市の上元さんのレモンなども、全体の量の兼ね合いを見ながら随時給食に取り入れていきました。

もちろんその頃は、まだまだ頑張って自転車をこいで往復していましたが、少しずつ運び届ける物や量が増えるにつれ、さすがにちょっと限界を感じ始めてしまいました。これはやっぱり車の免許を取るしかないかな、と思い始めたのです。それまでの私は車の免許を取ることにはかなり抵抗があったのですが、この先もずっとこの作業を続けるとしたら、と思案の末四十一歳の秋、私は主義を変え、思い切って車の免許を取りに教習所へ通い始めました。

その頃私の家には、友人との共同出費で購入した軽の小さなワゴン車がありました。通い始めて約二ヶ月後、やっととれた免許証が郵便で送られてきました。開封し、本物の免許証を手に取ると、フツフツと喜びが湧き上がってきました。

よし、これで明日からの食材運びがうんと楽になるし、「かかしの会」の他のポストへの配達や、どんなに遠くの農家さんへだって一人で自由に行くことが出来る。それにしても、自分一人で車を走らせることが出来るなんて、とっても不思議に思えてなりませんでした。

そこで早速、その小さな車を走らせてみることにしました。家の近所を二周、三周……。そうだ道は日本中どこまでも繋がっている。早速明日は、八王子の農家の鈴木さんの家に行って人参を分けてもらおう、と思いました。

そして次の日、約二十キロ離れた八王子まで国道二十号線を突っ走ってみました。

小山のような大型トラックがすぐ横を走りますと、その風圧で私の小さな車は吹き飛ばされそうになったり、大きなタイヤの中に吸い込まれるような思いがしたり、免許取り立てホヤホヤ、初心者マークの私の方はスリル満点です。

鈴木さんの家では、人参を自分で畑から引き抜いて沢山分けて頂きました。

もちろんそれを学校に運びましたが、これが自分で運転しての初仕事でした。

そんなこんなしているうちに、二年、三年はすぐに経ってしまい、日を追うごとに車の運転が出来るようになった私が学校に運び込む食材の種類や量はどんどん増えていきました。ということは、それまで地域の八百屋さんが学校に納めていた野菜や果物の量がぐんと減ってしまった、ということでもあります。

そしていつのまにか八百屋さんと海老原さんとの関係も面白くなくなってしまいました。そして私たちはこの先、この在り方をどうしていくのかを根本的に考えなければなりませんでした。

今までのように、私が調達できるものはどんどん入れて、調達できない物は八百屋さんで間に合わせる、というやり方はすでに限界状態になっていたのです。

そしてある日、

「ねえ、山田さん。給食の食材、野菜と果物だけど、全部山田さんでお願いできないかしら?」、と海老原さんの切なる申し出がありました。

うすうす覚悟はしていましたけれど、こうはっきり切り出されてしまいますと、多少たじろぐ思いはありました。でもいつもの癖でいやとは言わず、その場ではっきりと引き受けることにしてしまいました。

私はすぐに、長年つかず離れずおつき合いを続けて来たこの関連の食材一式を取り扱っている「JAC《ジャック》」という流通業というか、卸問屋的なグループの人たちに相談に行きました。

「JAC」とは、ジャパン・アグリカルチャー・コミュニティ（日本農業連合）の略称ですが、このグループの主要メンバーとは長いお付き合いがありました。

今から十年ほど前になりますが、少し離れた団地に住む友人から、近頃「長本兄弟商会」というちょっと変わった八百屋さんが引き売りにくるのよ、という情報が入りました。

その八百屋さんが売っている物も、私たちのかかしの会（といってもその頃はまだ名前はついていませんでした）の野菜と同じように、その作り手がはっきりしているものだということでした。

それで是非会ってみたいと思い、私は出かけて行き、その場ですぐに次回からは私の住んでいる方にも来てもらうことにしました。

その人達は、なんだかゾロンとした衣服で、髪を長く伸ばして、まあんまりそこらでは見かけないタイプの人たちでした。

その中の一人は、ナモさんこと長本光男さんで、それから間もなく中央線西荻窪駅近くに出来た「ほびっと村」という建物の一階で、八百屋さんを始めました。もう一人のヨシさんこと吉田義大さんは、引き売り八百屋さんから仕入部分を独立させ立ち上げた、「JAC」の代表となりました。

そしてもう一人、本当に小柄でいつもニコニコしていた山尾三省さんは、はるかに遠い屋久島に移住し、執筆活動に専念していったのです。

この人達は、どの人もみんな素晴らしい感性の夢多き人たちでした。

「JAC」、つまり「日本農業連合」なんていかめしい名前の仕入部ですが、本当は『チボー家の人々』という文学作品の中に出てくるジャックに因んでつけたそうです。

ナモさんが始めた八百屋さんの建物も、「ほびっと村」という小人族の名ですし、その建物の二階には「ほんやら洞」という「居酒屋風食堂」があり、三階には「プラサード」という、沢山の良質な魅力ある本ばかりを扱っている小さな本屋さん。そして四階は、さまざまな催し物が出来るフリースペースになっていました。後に私は、このどの階の人たちとも知り合い仲良くなっていきました。

さて、話を給食の方に戻さなければいけません。

私は私たちの「かかしの会」が充実するまで、このナモさんたちから随分いろんな野菜を購入していましたが、ナモさんたちも「ＪＡＣ」を立ち上げてからは引き売りをやめてしまいました。そしてその取扱量が増えていくにつれて、けっこう給食の食材として入れて欲しい、との声もあったようです。

でも実際やるとなると、給食には難しい条件が沢山ありすぎます。

まず朝八時半までに搬入しなければならないこと、数や粒を揃える、もちろん泥つきではダメ、その他いろいろです。

前にも書きましたように、給食の注文の仕方はちょっと違っています。例えばミカンやリンゴ等は農家からはキロ単位で届きますが、給食は個数での注文です。葉物や大根などは束とか本単位ですが、給食ではキロ単位になってしまいます。

と、なりますと、当然誰かがその調整をしなければなりません。その結果、仕入れた物の端数が出てしまいます。八百屋さんであれば、それを店頭で売ってしまえば良いのですが、私のような者はそうはいきません。でも幸いなことに、私の後ろには「かかしの会」のメンバーが沢山いて、吸い取り紙の役目をしてくれますので、なんとかやれているのが現状です。

ところで海老原さんから「全部の野菜を……」、の申し出があったのは今から約五年ほど前のことでした。その年のある日、私たちは「ＪＡＣ」の吉田さんに学校まで来てもらい、相談会を持ちました。

先ほど書きましたが、吸い取り紙の問題は私の方でなんとかなりますが、やはり他にも難しいことはいくつもありました。

まず、「ＪＡＣ」にはその季節季節の野菜や果物しかありません。量的にもきちんと揃うかどうか約束は出来ない。いつも良品とは限らない。お天気次第では欠品が出てしまう覚悟が欲しい、等々いろいろです。

いま現在どの学校、職場でも、栄養士さんは季節に全くお構いなしに献立をたてます。東京というところは、全国各地どころか海外のものでも何でも集まってくるところですから、それが可能です。

でもこれからは季節や畑の都合に合わせての献立作りをしなければなりません。

「それが出来ますか?」という吉田さんに、

「やってみます」、と海老原さんはきっぱりと答えたのです。

そして、その双方の間に立っての調制係は私がやる、という三人の役割が決まりました。でもいま思いますと、私は本当にとんでもないことを軽々引き受けてしまったのだと思います。

その後数ヶ月して海老原さんは、「この際、調味料も全部変えたいの」、と言い出しました。

もちろん私が断るわけがありません。

そして取りたて免許をフル活用して奔走する私の生活は、ますます加速していきました。そのことは決して苦ではありませんでしたが、初めのうち必要な物がスムーズに調達できないことが度々あり、サーッと冷や水を浴びる思いを何度繰り返したかわかりません。もちろんそれは海老原さんも同じで、否応なしに私たちはお互いの足を縛り合って、二人三脚状態になっていったのでした。

私はともかく海老原さんは市の職員、つまり公務員であり、しかも千二百食近い子供や職員の方々の胃袋を預かる立場です。

その心労は私どころでは無かったと思います。でも幸いなるかな、私と海老原さんは全然くよくよタイプではありませんし、考え込むより先にまず行動する、という共通点がありました。そして私たちは、なんでも素直に喜ぶことが出来たのです。

野菜、果物、調味料各種をそれなりに納得できる物に切り替えることが出来た私たちには、次は肉や卵、牛乳、そして米も、ということになっていきました。

まず卵ですが、これは前にも紹介しました、山梨軒明野村の早川さんのものに決めました。でもこっちが勝手に決めても、年間通して給食に使うだけの量を早川さんに分けてもらえる保証はありません。

早川さんは約千羽を目標に、自家配合飼料での平飼いをしています。

そして毎週金曜日の夜というか、土曜日の未明に明野を出発して私たちのところに配達していますが、排卵促進剤など全く使わない養鶏では、当然のことながら産む季節と産まない季節とがあります。つまり週ごとの配達に足りない時があったり、余ってしまう時とがあるのです。それで私たちは、余るときの卵をいただくことにしました。一般の人たちは卵にも、野菜たちと同じくとれる時ととれない時がある、ということを知らずにいるのではないでしょうか。

そして牛乳は、やはり山梨軒の八ヶ岳山麓に広大な牧場のある、キープ牧場で飼われているジャージ種の牛の乳に決めました。この牧場ではすべての牛が放牧されていますが、その草地の広さは一頭当たり一万坪とのことです。

ジャージ種の牛の出す乳は、ホルスタイン種のものに加えて脂肪分がぐんと多く、特に私たち「かかしの会」が受け取っていた物は、低温殺菌のものでしたから、少し時間が経ちますと、ガラスビンの口のところにねっとりと分厚いまるでバター状の脂肪層が出来てしまいます。

そして一番難関だったのが肉です。いま現在学校給食では、山形県高畠町の二軒の農家さん、金子吉孝さんと紺野英子さんのお家の広々とした豚舎で自由に動きまわり、しかも抗生物質なんかまったく入っていない自家配合の餌で育てた豚さんを、四年ほど前から丸ごとの一頭買いをしています。

とはいっても肉の場合は他の物と違って、直接私が管理したり精肉したりは出来ません。衛生管理をしっかりしなければなりませんので、農家さんから学校の調理場に届くまでにはいくつかのルートを経なければなりません。

まず海老原さんから金子さんへ「今月は○頭お願いします」、のデンワを入れます。すると金子さんたちは、それを月二回に分けて元気の良い豚を車に乗せ、所沢の屠場まで運びます。ここで豚さんたちは枝肉になり、次はやはり同じ所沢にある鈴栄商店さんで各ブロック、つまりロースとか、もも肉、肩やヒレといった正肉にされます。それをさらに学校近くの村上肉屋さんに運び管理してもらいます。

村上肉屋さんは、その日その日の給食の献立に合わせて角切りとか、薄切り、挽肉、小間切れ、などなどに精肉して学校に届ける、という何段階もの人手を通るのです。

なんといっても、この肉の問題がいちばん大変でした。なにしろそれまでの肉屋さんは、一キロいくらの計算で収益を得ていましたのに、今度は肉の管理と精肉の手間賃しか入らなくなってしまったのです。

給食で一か月間使う肉の量は、頭数にしますと七から八頭分にもなります。肉屋さんにすれば大きな収入減で、なかなか受け入れがたい話でした。

はじめ、私と海老原さんと二人でこの話を受け入れてもらうためお願いに行ったとき、肉屋さんは全く相手にしてくれませんでした。

「お二人とも解っていないと思いますけどね、この店に来て買って行かれるお客さまが好まれるのは、脂身が少なく、やわらかくて安い肉なんです。そんな飼い方している肉は、脂身が多いはずです。それになんですって？　十ヶ月も飼ってたら当然肉は硬くなりますよ。普通は長くても半年、それ以下でないと、そんな肉は良い肉とはいえないんです。だいたいその農家で本当にそんな飼い方しているんですかね？」、と言われてしまいました。

「そんな飼い方」、とはつまり、狭い空間に密飼いせず全部自家飼料で育てている、ということですが、一般に出回っている肉のほとんどは、いわゆる密飼いです。実際私は見たことがありますが、本当に狭い空間に身動きできない（肉が硬くならないようわざと身動きできなくしている）状態にし、エサはほとんど輸入の配合飼料で、しかも抗生物質がたっぷり入っている物を与え、十ヶ月なんてとんでもない、半年前後で肉屋さんの店頭行きになってしまいます。

狭い空間にぎゅう詰めにされるストレスで、豚さんたちは互いの耳や尾っぽを食いちぎってしまうそうで、そういうところの豚は初めからシッポを切り落としてしまっているのです。それはニワトリさんについても同じ（もっとひどい）ように言えますが、まあ、いまここでは止めておきます。

「わかりました。私は今日これから山形まで行って、飼われている様子を見て写真に撮ってきますよ。そしてもう一度話を聞いて下さい」

思わず私はそう言ってしまいました。

外に出たとき海老原さんは、「山田さん、ほんとに高畠まで行くつもり？」、と困った顔をして言いました。もちろん私は本気でした。

そして家に帰った私は、急いで子共たちを呼び集め、少し離れた所に住んでいる土岡さんの下の息子も呼び出し、例の小さな軽のワゴン車に野宿しても良いようにと布団を積み込みました。

ずっと以前、高畠の有機農業研究会主催の全国集会があったとき一度電車で行ったことがありましたが、一人で車で行ったことなどありませんでした。なにしろ免許なんて持っていませんでしたから。でもいまは違います。免許は持っているし、道はどこまでもつながっているし……。まず高畠の紺野さんに「これから行きます」、とデンワを入れ大まかな道順を聞きました。

「山田さん、これからじゃ途中で暗くなりますよ。大丈夫ですか?」、と心配そうな紺野さんの声です。

「そうですね、多分たどり着かないかもしれませんけど布団も積んで行きますから」、と私。

本当に山形は遠いところでした。それでも無鉄砲な私はひたすら車を走らせました。そして米沢にたどり着いた時、もうこの先は無理、と思って細いロープの張られたあるガソリンスタンドのところに車を停め、そこで子供らと一緒に一夜を明かしました。

早朝出勤してきたスタンドの人に道を聞き、目指す紺野さんの家にたどり着いたとき、どんなにほっとしたかわかりません。何しろ小さな軽自動車に子供らを何人も乗せての長距離運転です。

心配しながら待っていて下さった紺野さん宅で、あつあつの朝食をごちそうになった時は本当に嬉しかったのです。そして早速豚舎を見せてもらいました。

陽当たりの良い、ふかふかの稲藁がふんだんに敷かれたとても気持ちの良さそうな豚舎でした。その四角い空間がいくつかあり、各々に一、二頭ずつの豚さんがトコトコ歩いたり寝そべったりしています。互いのシッポや耳を噛んでしまうなんて気配はまったくありません。

後で明野の早川さんなどからも聞いて解ったのですが、元気に良く走りまわるほど脂がのってしまうそうなのです。赤身を多く、そして消費者好みの柔らかい肉にするには動かさない、は必須条件らしいのでした。

私がここまでして撮った写真を持参したことで、村上肉屋さんは折れて承知してくれました。めでたく金子さんたちの肉を受け入れてくれたのです。

そして主食であるお米は、長野県佐久平の「信濃こがね」に決まりました。このお米は境南小学校だけではなく、武蔵野市の給食センターを含めた全小学校で取り入れることに決まりました。

その「信濃こがね」の作り方はちょっと変わっていました。佐久のあたりは昔から、佐久鯉の養殖が盛んなところです。海から遠く離れている地理的なこともあるようですが、昔から米作りの時、鯉や鮒を田に放し、その魚たちが稲株の間を泳ぎ回ることで土がかき混ぜられ、草が生えない、ということのようです。それにエサを食べて糞をして、それがまた肥料になって、と、幾重にも良いことばかりのようでした。

そのお米の取扱いは私ではなく、武蔵境駅北口にある、桜台米屋さんが一手に引き受けて下さいました。

そのお米屋さんと佐久平に初めて行ったのは、すでに田の草取りも終わった真夏のことでした。青々と生い茂った稲葉に、きらきら光る朝露を宿した無数の蜘蛛の巣がかかっていた光景はいまも忘れられません。

もう一つお米の他に主食に準ずるパンがありますが、これは完全無添加の神田精養軒のものが多く取り入れられることになり、境南小学校給食の中身はますます充実していきました。

そして、その給食室の外では、沢山のお母さんたちの協力が日毎に増えていきました。ある時は大きなブドウの粒を数え、ある時はトウモロコシの皮むき、ミカンやジャガイモを数え、農家さんに返してまた再利用するための段ボールの後始末までやるのです。

時には女の調理師さんが外に出て来てお母さんたちとおしゃべりしながら一緒に作業をする、なんてこともよくあります。

そんな時に、給食の味付けのことや、その他さまざまな苦労話なども聞かせてもらいます。以前、よその学校と違う過重労働をさせられている、なんて硬直してしまったことがあったなんて、いつの間にかウソのように忘れてしまい、楽しい会話に花が咲きます。

調理が始まってしばらくたった頃、何か用があって給食室に立ち寄ったりしますと、「ねえちょっと味見しませんか?」、と小さなお皿にできたてほやほやの物をのせて出してくれる事もあって、そんな時、ここまで信頼関係が出来たのだなぁ、と胸がキュンとするのでした。海老原さんはなかなかの冒険家です。他の人だったら決してしないような献立作りをけっこうやってしまいます。

例えばもちきびご飯とか、私と一緒に沖縄に行ったときに味をしめたアバジューシーとか。それはラードとヒバーチという香辛料を入れて炊き込む沖縄独特の炊き込みご飯です。

そんな時は、私の良く通っている石垣島白保の海で採れたアーサー汁（アオサ汁）までセットにする、といった徹底ぶりです。

ある時、私たちが三鷹駅前でやっている小さな食堂「たべもの村」の人気メニューのひとつ、「イワシコロッケ」を子供たちに出したときは本当に大変でした。

このコロッケは、まるで鯨の赤ちゃんのような形をしていてとても可愛いのです。

まずイワシの頭を落とし、お腹を開いて内臓を取り出し、シッポを残して中骨を抜き出します。その中にコロッケの材料を入れて開いた身を合わせるようにして包み、パン粉をつけて油でフライのように揚げます。

十個や二十個ならどうってことありませんが、これを千個以上となりますと本当に大仕事になってしまいます。

「でも子供たちに……」。

いつも海老原さんのこの言葉に私は負けてしまいます。イワシは開いたものを業者さんが用意してくれることになり、それなら何とか大丈夫、とは思いましたが、なんだかその日の朝妙な胸騒ぎがして、いつもより早く学校へ行きました。

残念ながら不安は的中してしまいました。

大きな水槽に箱のようなものが沈んでいます。よく見ますと、細長い短冊のように三枚おろしのイワシの切り身がカチカチに凍ったものでした。

その横で見たことのない一人の男性が、その短冊を一枚一枚はがしています。

「なんということか！」、それを見たとき、私の胸の方ががちがちに凍ってしまいました。

あのユーモラスな鯨の赤ちゃんはどうなってしまうのか、子供たちがどんなに喜ぶことか、と大決心した海老原さんの夢はどこかに吹き飛んでしまいました。

結局その日は、調理師さんたちがコロッケの上下を切り身で挟んで上手に揚げてくれたので、なんとか一件落着ではありました。

こうして次から次へといろんなことが巻き起こってしまう、全く油断の出来ない私たちの給食です。でも校長先生始め沢山の先生方、そして千人からの子供たちの中にすっかり入り込み、ＰＴＡや地域の人たちからもさまざまな協力をいただいている今となっては、たとえば公務員である海老原さんの異動、なんてことがあったとしても、そう簡単にダメになってしまうとは思えません。

私の方も、この私の気力と体力が続く限り、そうやすやすと投げ出したりするつもりはありません。

まだまだしなければならないこと、解決しなければならないことが山のようにある私たちの給食ですが、その発端は、「竹沢のお米や野菜を、学校全体の子供たちに食べさせて上げられないかしら……」、とつぶやいた、ちょっと風変わった一人の先生の一言からでした。

その一言が私に伝染し、立場の違うさまざまな人たちを巻き込み、多くの方々の協力を得ながらいま大きなひとつの形になろうとしています。

人が歩いて道になる、ではありませんが、私たちは今このようにして道無きところに道を作ることをしているように思います。

なんでも前向きにとらえ、決して「出来ない」、とは言わない私の性格が、この先もきっとますます面白いことを起こしていくにちがいないと思います。

第
5
章
自分たちで作ったお米はおいしいね

一九七五年の冬初めて小川町に行ったとき、私はまだ三十六歳、山田宗正さんの方は二十四歳の若さでした。

普段あまり年のことは意識せずに暮らしていますが、この「かかしの会」の年だけはしっかり数えてきました。そしてそれを自分の年に重ねてみては、よくやってきたなあ、と思ったり、十年なんてなんとあっけないものか、と思ったりもしています。

ところで、いまは亡き市川房枝さんの最後の参議院選挙がはなばなしく繰り広げられたのは一九六四年、つまり今から十二年前のことでした。その時市川さんは八十歳というお年を理由に、政界からの引退を表明されていましたが、それを惜しんだ若者たちが選挙も間近になった頃、選挙に必要なことは全部私たちがやりますから、ともう一度市川さんを現場に引き戻した動きがありました。

その時の選挙戦では、つい先頃亡くなられた有吉佐和子さんなども積極的に応援されていましたので、覚えていらっしゃる方も多いと思います。

その選挙が終わって間もなく、有吉さんは朝日新聞に「複合汚染」、というタイトルの連載を始められました。

それまでの私は、新聞の連載ものなど全く読まずにきましたが、有吉さんのこれは明日が待たれて仕方がない思いで読みました。

その頃、日々食している食べものは何かおかしい、といった言いしれぬ不安のようなものがつきまとっていましたが、その連載ではその答えがとても小気味よく明快に書かれていました。

その当時私は、いくつかの小さな編み物教室を、出張してやっていました。

市川さんの選挙があった翌年のある日、その中の一人がお稽古をしながらこんなことを言い出しました。

「あのう、先生はもしかして食べもののことに興味を持たれていますか？　もしあるようでしたら、いま埼玉県の若い農家の人たちが農薬や化学肥料など使わないで土作りからやりたがっているそうです。いま一緒にやってくれる消費者を探しているらしいんですけど……」

その時、これは聞き捨てにできない話とは思いましたが、その小川町が埼玉県のどの辺りにあるのか、その若者たちがどんな人たちなのか、まるで見当がつかないまま数ヶ月が経ってしまいました。

ところが年が明けたある日、同じその人が
「農家に一緒に行ってみませんか、って言ってるんですけど……」、と誰かからのメッセージを伝えてきました。今度は前よりもっと具体的で、その誘いもとても熱心になっていました。

そこでその頃、一番親しくしていた友人を誘って行ってみることにしました。

その日は二月半ばの、良く晴れたとても寒い日でした。朝、近くのスーパー前で待ち合わせましたが、そこにやってきたのは男女五人ほどのまったくしゃれっ気のない若者たちでした。

その若者たちが私にメッセージを送ってきた誰かだったのです。つまり、「青空テント」グループのメンバーでした。

話はちょっと戻りますが、市川房枝さんを担ぎ出した若者たちは、選挙の後引き続き合成洗剤や今の食べものなどの危険性を訴える、いわゆる啓蒙活動を続けていました。その時彼らはいつも青いテントを持ち歩き、ここぞと思う場所でそれを張り、ただ危険だよ、というだけではなく、どんなものを使ったり食べたりしたらいいのかの現物を持ち歩いて販売もしていました。それでそのテントの色に因んで「青空テント」、の名前が生まれたそうです。そうした活動の中で「有機農業研究会」とも関わりを持つようになり、そこで知り合った小川町の金子美登さんという農家の人と知り合い、宗《むね》さんへと繋がったのでした。

その時は何気なく知り合ったように思いましたが、それ以後の深い関わりを思いますと、これはまさに運命的出逢いだったのだ、と思います。なぜなら、この時この人達に出逢ってしまったことで、それ以後の私の生活、人生はいっぺんに大きく変わってしまったのですから……。

いまでこそ、このような若者たちとの付き合いは全然珍しくありませんが、それまでの私の生活、日常は、いつでもどこでも主婦同士のつき合いばかりでしたから、このようなタイプの若い人との付き合いなど考えても見ませんでした。

私たちは簡単なあいさつの後、この若者たちが乗ってきたあまりきれいとはいえない大きなワゴン車で出発しました。その時彼らは私たちのことをどう思っていたのかな? と思います。なにしろ初めて会って共通の話題もないことをいいことに、私たちはまるでピクニックにでも行くように次から次へと歌ってばかりいました。

本当は農家にたどり着く前に聞いておかなければならないことが沢山あったはずですが、本当にのんきな私たちでした。

車はかなり走り続け、少々くたびれ始めた頃やっと金子さんの家に着きました。

金子さんは、自分が実践している農業の内容を詳しく話してくれました。

一軒の農家と十軒の消費者が、米、野菜、牛乳（金子さんの家は牛飼農家でした）その他いろいろな物を、自給自足的に取り組むならば、日本の食料は他国に頼らなくても充分にやっていけるはず。いま自分はまさにその実現に取り組んでいるのです、と語るその時の金子さんの全身は、まるで燃えるような情熱の塊でした。

そこからは金子さんの案内で、東に十分ほど走った辺りにある山田宗正さんの家へ行きましたが、まだその日の私たちは、こうして次々出逢っていく若者たちが、どのような関係にあるのかさっぱりわからないまま導かれていったのでした。

宗さんの家はとても素晴らしいところにありました。山々の木々はすっかり葉を落し、灰白色に見える木立はなんともいえない優しさです。

一年中いつも緑の葉っぱをつけている木より、こうして季節ごとに変化していく木の方が私は好きです。私はいっぺんにそこが気に入ってしまいました。

その山裾に沈むようにして、陽当たりの良い宗さんの家はあります。辺りに調和して、とても良い造りの平屋のお家です。

縁側からの陽当たりが良く、全部の戸が開け放たれた座敷にはいくつもの火鉢が置かれ、カッカと炭火が燃えていました。

なんともいえない懐かしい光景です。思わず私は吸い寄せられるようにその火に手をかざし、まるで生きているかのような火の様子にみとれてしまいました。

「うちじゃあ、なんぼ石油ショックがあっても平気ですよ」

いきなり掛かってきた宗さんのその声は、私たち都市に住む者の大きな弱点を突いてきました。

その二年前、この国はオイルショックに見舞われ、この世から石油だけではなくその他のいろんな物が次々と無くなってしまうかのような大騒ぎがありました。

紙が無くなる、洗剤が無くなると本当に大変な騒ぎでした。そしてそれに怯えた人たちが、先を争ってあちこちの店に買い占めに走ったものですから、店先から本当にそれらの物がすっからかんに消えてしまいました。

それなのに、今ここに「石油なんかなくても平気です」、と平然としている若者とその家族がいる。それは思ってもみなかった驚き、というか発見でした。

この小川町には「わだち会」、という農家の若い後継者でつくる親睦会がありました。

金子さんも宗さんもその会のメンバーでしたが、他にも何人かの人が来ていました。

都市に住んではいるけれど、ちょっと都会人的ではない若者たちとおばさん二人、そして小川町の何人かの若者たちとの出逢いと行動は、こうして始まっていきました。

この人たちと話している中で、それ以来ずっと忘れられない一言があります。

それを言った本人はもうすっかり忘れてしまったらしいのですが、それは自分たちと、私たち都会の者との時間の捉え方についてでした。

「都会の人たちは一週間単位で暮らしているかもしんないが、おれたち百姓は、米だの野菜の育つサイクルでものを考えるんです。いくら早いものだって二十日（つまり二十日大根）、長いものは一年もそれ以上もかかる、おやじのやっている杉や桧は何十年もかかるんです……」。

私は一週間どころか一日単位、それも耳元でチクタク時計の刻む秒針の音を聞きながら暮らしているような毎日でしたから、その時間のとらえ方の話はとてもショックでした。

最近私は、日本の南にある石垣島の人たちとのお付き合いが多いのですが、その人たちが東京に来た時、大きなため息をつきながら、

「ハアー珍しいさぁ（驚いた）。東京の時間は四十分くらいで一時間になるさぁ」、というのです。逆に私があちらに行きますと、一時間が二時間ほどに間延びしてしまうように感じられてしまいます。

時間というものは、その場所や暮らし方で長くなったり短くなったりするんだな、と思います。それにしても、野菜やお米の育つサイクルで物を考えるなんて、なんて素敵なのかと思い

ました。そして、そういう暮らしからはるかに遠のいてしまっている自分の暮らしぶりがとても不安になってしまいます。

そうだ、出来たら私もそのような時間のとらえ方で生きていきたい、と心から思わずにはいられませんでした。

いまある消費者グループの多くは、安全な食べものを求めて生産農家を説得していく、というタイプが多いように思いますが、私たちの場合は逆でした。

この一回目の出逢いの後、何回か連絡し合いましたが、宗さんの方からの提案で、まず米作りから始めましょう、ということになってしまいました。

「なってしまった」という言い方はおかしいのですけれど、その時はまだそれが正直な思いでした。米ならば、とりあえず夏場の草取りだけやってもらえれば、後は秋の稲刈りの時まで、こちらの管理だけで済みます、というのです。

本当にそうなのかどうかはわかりませんけれど、もう今となってはやるしかない、と私は覚悟しました。

そして一人、また一人とこの米作りに加わってくれそうな人への説得作業を始めました。それはまるで辻説法をするような思いでした。

四月、初めて宗さんたちが上京してきたとき、米作りの仲間はなんとか十二、三人になっていました。主に子供を介してのＰＴＡの仲間たちでした。

その集まりでは、ごく簡単な取り決めが話し合われました。

「山の清らかな湧き水で耕作しているいちばん条件の良い二反歩の田をそれに当てる。この辺りの平均反辺りの収穫量から金額を割り出す。米の出来不出来に関係なく、その金額を宗さん宅に支払う。支払った分の金額はこの米作りに関わったこちらのメンバーで割り、負担する」、といった内容のものでした。

聞いてみると、あの辺りの収量は、反当たり七俵から七・五俵ぐらいが普通とのことでした。東北地方の米どころの約三分の二くらいの少なさです。

一回目の田の草取りは七月に入ってまもなくの頃でした。

私の育った九州では、田植えは四月、田の草取りは五月か六月でしたから、この辺りの作業はずいぶん遅いように思いました。

ところでその初めての田の草取りとは、前の方で書きましたように、担任の東条先生にお願いしてのクラス行事でしたから、子供たちを中心に四十人ほどの人数になりました。

私は九州の片田舎、地名が飯野というほどの米処に育ちましたので、人々が米作りに励む姿は数限りなく見てきましたが、四十歳近い今頃になって、しかも東京暮らしをしながら米作りのため、自分が泥田に入る日がくるなんて夢にも思っていませんでした。農家の人たちはみんな素足で田んぼに入りますが、私たちはそれを汚い、と思ったのか全員靴下や白足袋なんかを持参していました。

田んぼの畔は、宗さんのお父さんの手できれいに塗り固められていました。その斜面に添い、おそるおそるそっと足を滑り込ませますと、ずずずずーっと、そのままどこまでも泥の中に吸い込まれていきそうな感触でした。

一足入れてしまえば、もう四の五の言っていられません。宗さんに教えられた仕草を真似て、必死に田の中を這いずり回りましたが、成せば成る、本当になんとかなるものです。

やがてお昼になり、白足袋ならぬ黒足袋を脱ぎ捨てたときの、あのスッキリしたさわやかな風のような感触は、一生忘れられません。私はもう二度と足袋などはく気になりませんでした。素足の方がどんなに水も泥も心地よく感じられたことか、やっぱりこれは実際やったものでないと解らないことでした。

宗さんの田には、山の清水が引き込まれていましたから、それぞれの田の水落ちのところまでいくと、そのさわやかな冷たさが身体いっぱいに広がっていきました。

ところで、この田の草取りは一回で終わりではありません。二番草、三番草と、稲の生長と競い合って育ってしまう草たちの除草が続きます。

はじめ、農薬無しの安全なお米が食べられると張り切った人たちも、腰を折っての慣れない作業に悲鳴を上げる人が続出で、「こんなに大変な事しなければならないなんて、もう農家の人たち除草剤使わないで、なんて言えないわ。私、除草剤使ったお米でも良いことにする……」、と言い出す人も出てきました。

私たちは、農作業の順番をもう少し考えれば良かったと思うのですが、何しろ初めての作業が農家の人達だって大変なこの田の草取りだったのですから、そういう声は仕方なかったと思います。本当に慣れてしまえば、真っ昼間の灼熱地獄のような畑の作業よりずっと涼しくしのぎよい、と私は思うのですが……。

とはいえ、田んぼの草たちは待ってはくれない、誰かがやるしかない、となればやっぱり私は、私がやるしかない、と思ってしまうのです。

田んぼの草とりも畑のそれも、物の仕分けや分配も、参加者全員で同じように、つまり平等にやるべきではないか、とやたら平等の原理を持ち出す人たちがいます。特に若い人たちはそうでした。でも、私はあまりそういうのは好きになれませんでした。なんでもかんでも同じようにすることが必ずしも平等である、とは思えなかったのです。

ちょっと飛んでしまいますが、私たちの「かかしの会」には、入会のための出資金とか会則はまったくありません。週ごとのお当番も出来る人でやっています。援農も出来る事なら一人でも多くの人に参加して欲しいのは山々ですが、これも義務ではありません。つまりこの会には、こうしなければならない、ということは何もなく、何をしたら良いかは全部自分で考えることになっています。

「決まりが無いことがこんなに不安なことだとは知りませんでした」。

後になってそんなことをいう人が何人もいました。自分は何もしないで人任せでも、この会では立派なメンバーですし、何かをしようと思えばすることは山ほどあるのもこの会の在り方でした。

何か決まりがあれば、それを忠実にこなしていればいいわけで、もし何か間違いがあっても決まりのせいにも出来てしまいます。何も決まりが無いのは自分が基準で、その人の想像力が求められていきます。こっちの方がずっと面白い、と私は思うのです。

私たちの「かかしの会」では、いま年に四回、生産者である宗さんたちとの話し合いの他に、食べる側である私たち消費者だけの交流会を開いています。いつも会場は「たべもの村」を使っていますが、ある時その席で、「この会には何かを決める時の、その決定組織がないけど、それってちょっと不便ではないですか?」、と言い出す人がいました。でも誰も「そうねえ」と相づちを打つ人がいないまま他の話になってしまいました。もちろんこの十年の間には、何かを決めなければならないことは度々ありました。でも、その都度必要に応じて人が集まり、なんだかんだと話しては決めてきました。役員も何もありませんから、誰でも参加してきたのです。もし何かそのような役割を持つ組織といいますか、メンバー制をとったとしたら、今度はそこを通さなければ何も決められない不便の方が大きくなってしまいそうでいやでした。そして、決めたことが守られた守られない、と面倒くさい話になるのも困ります。

決まりが無ければ違反者も出ない、これがいちばんいいと私は思うのです。

少し横道にそれてしまいましたが、草取り作業に話を戻しますと、とにかくこれはやる気のある人でやるしかない。そこから出発するしかないではありませんか、が私の考えであり、言い分でした。それで二番草、三番草は、またまた東条先生はじめうちのおとうさんや子供たち、そして一番草の時参加出来なかった人などでなんとか格好をつけました。

私たちが始めたその年は、例年にない冷夏の年になってしまいました。

夏に雨が多く、なかなか気温が上がらないのです。テレビや新聞は、全国各地の被害状況を次々と伝えていました。

小川町でも、いもち病が広がりそうです、との連絡が入りました。農薬をかけて、少しでも防御しますか？　というわけでした。

私たちは緊急に集まり、話し合った結果、初めての試みですし穫れても穫れなくても宗さん宅に払うお金は同じだし、それで迷惑をかけるわけではないのだから農薬をかけるのは止めましょう、ということになりました。

でも、天気予報はとても厳しかったのです。その日から私たちは、自分の住む地域だけではなく、六十数キロ離れた遠い埼玉県竹沢の空の様子も毎日気がかりになってしまいました。

秋口のある日、私たちは畑の手伝いを兼ねて田んぼに立てる〝かかし〟づくりに出かけて行きました。稲はうっすら色づき始め、一面に張られた蜘蛛の糸がほんの少しの風でもゆらいでいます。それから収穫の日まで、秋が深まるごとにこの田んぼの上に飛ぶ赤とんぼの数が増えていきました。他の田んぼにはあまりない光景です。

宗さんは「良い出来ではないですよ」と言っていましたが、その言葉通り収量は反当たり四俵半しかありませんでした。でも私たちは、そんな数なんてどうでも良かったのです。なんといっても生まれて初めての米作りです。なんだかんだの苦労の末やっとに迎えた収穫なのですから、心の底からジワジワと抑えることの出来ない歓びと満足感が湧き上がってくるのでした。

ところでまず米作りからとはいっても、私たちはやはり野菜も欲しかったのです。それでとりあえず宗さん宅の自家用野菜を少し多めに作ってもらうことにしました。

そこでとれた野菜は、援農の帰り車に山と積み込んで戻ることになりましたが、それは私たちにとってはとてもとても大切な食べものでした。

ところで私たちの「かかしの会」は、初め宗さんとの関わりで始められましたが、途中からいつも宗さんのそばに姿を見せていた同じ小川町の他の地区に住む、千野さんの野菜も少しずつ私たちのところに届けられることになりました。

千野さんの家は、広い小川町でただ一軒の野菜専業の農家でした。中心は大きなハウスでのキュウリやトマトの栽培でしたが、他にも沢山の畑があり、そちらの一部で私たち向けの野菜を作ってくれるようになりました。

食べる側の私たちのメンバーは日を追って増え続けていましたから、私たちは千野さんの参加を嬉しく受けとめていきました。でも時が経つにつれそうとばかりも言えない事にもなっていきました。

当時はお互い慣れないこともあり、お天気の都合や野菜の出来不出来に伴う量の過不足などに毎回振り回されるようにもなってしまったのです。

何しろ毎週、一軒当たりピーマンやキュウリが二キロほども届いたり、小松菜変じて大松菜になったものがどっさり届けられたりし始めたのです。ですから古くからのメンバーのほとんどは、みんなでこの多すぎる野菜を抱えての行商経験を持っています。気持ち良く買ってもらえることは少なく、体よく断られてしまうことの方が多く、買ってもらうつもりが結局あげてしまったりなどどれだけあったかわかりません。

そんなこんなでこの十年の間に私は、人に何かを買ってもらったりあげたりが習性になってしまいました。そんなこんなを繰り返しながら、一シーズン、また一シーズンと乗り越えていき、だんだん私達はとても逞しい主婦になっていきました。

本当にもう、少々の事にはびくともしなくなったのです。とはいえ、もちろん中には弱い人もいて、少し多すぎる野菜が続いたな、と思うと食べこなせないことを理由に辞めていく人も出て来ます。

「ご迷惑をおかけしますので、少しお休みさせてください」

これは辞めていく人の決まり文句です。初めのうち、少し休んだら復帰してくれるのか、と待っていても、もうその人は二度と戻ってはきません。

「休みます」「ご迷惑を……」、は体の良い断り方であり、それに気付いた時はとても悲しく淋しかったのです。でもそんなことにはちっともめげずに、共に乗り越えている頼もしい人たちの方が多かったのはとても大きな救いでした。

こうして私たちは、一皮も二皮も面の皮が厚くなっていきました。そして私は、私自身の性格がとても楽天的であることをこの年月を通して、とても有り難いと思うようになりました。その頃よく、「風が吹いても山田さんのせい。雨が降っても山田さんのせい。野菜が多いのも少ないのもぜ〜んぶ山田さんのせい……」とうたうようにちゃかしてくれる人がいましたが、辛く悲しいことも本当に沢山ありました。でも、それ以上に良い事の方が沢山沢山あったと思います。

何より竹沢の野菜はとてもおいしいし、子供たちにとっても竹沢はまさに別天地でした。それに、この同じ畑でとれた野菜を食べ合う仲間とは何でもしゃべり合うことができました。

ところでスタートして五年ほど経った頃、生産農家はもう一軒増えて三軒になりました。新しく加わったのは宗さんの叔父さんである、拓さんこと山田拓男さんでした。拓さんの家は、宗さんの家のすぐ裏手の小高いとても陽当たりの良いところにありました。ですからその高いところから、私たちの様子をずっと見ていたのです。

でもその頃ははどこかに働きに行っていたそうですが、結婚し、赤ちゃんが生まれることになった時、思うところあって農業に戻ることにしたそうです。

ところが、肝心の宗さんの方は、私たちに何の相談もなく大事な畑の一角に鉄骨ハウスを建て、洋ランの栽培を始めてしまいました。

私たちとの付き合いだけでは収入が不安定なので、もっと確かな現金収入の道を確保したい、がその理由でした。

正直、私たちは本当に驚いてしまいました。でも私たちは、「そんな買い手の顔も解らないもの作ったって、なんにも面白いことなどないんだから、きっとそのうちやめるに決まってますよ。子供が麻疹にかかったと思って見ていましょう」、と気にしない、相手にしないことにしました。

本当に人というものは、長くお付き合いしてみないと解らないものです。初め、野菜や米の出来るサイクルで物を考える、なんてかっこいいセリフを言っていた人が、目先のお金に振り回されるなんて、と本当にがっかりし、ひと騒ぎありましたけれど、いまはまた元に戻り落ち着くところに落ち着いたように思います。

それにしても、私たちは同じ小川町の三軒の農家の作る物が重なってしまってはそれこそ大変と、もう一度振り出しに戻って考えましょう、と話し合いを持ちました。

そして次のようなことを確認し合ったのです。

・農薬、化学肥料不使用については原点に戻って考えていく。
・三軒の農家は、作付けに当たって同じものがダブらないよう、よく話し合って欲しい
・安全であれば、どんなものでもいい、ということではないということ。美味しくて良い物が出来るよう努力して欲しい。
・価格については、安すぎる必要はないけれど、特別扱いはしない。三人でよく話し合い、私たちが納得できる価格設定にしてほしい

拓男さんはその名のように、物事をこつこつと静かに丁寧に拓いていく人でした。初めの頃、どうしようもなく不出来で困りましたが、二年、三年経つうちに、みごとに土が甦り、作物も素晴らしくおいしくなっていきました。

ところが、いちばん沢山作っている千野さんの物は、いつのまにか少しずつ粗雑さがみえるようになりました。口に入れたときの味が落ちていたり、運ばれてくる荷姿が他の二人に比べて明らかに雑になっていきました。それに育ちすぎた物も多くなり、何か心がこもっていない、と私たちは感じ始めたのです。

そんなことの末に、長年お付き合いしてきた千野さんでしたが、辞めてもらうことになりました。

それは消費者である私たちが感じる以上に、同じ生産者仲間である他の二人、つまり宗さん、

拓さんの不満が爆発したのでした。

それは、自分達が作った物を千野さんの物と同じ扱い、同じ価格で扱って欲しくない、というものでした。自分達にも生産者としてのプライドがある。自分達は出来るだけ良い物をみなさんに届けようと頑張っているのに、彼の物はそうではない、というのでした。

千野さんとしては、全く手抜きのつもりは無いのだけれど、何しろハウスでのキュウリ作りが大きなウエイトを占めているので、私たち向けの野菜作りにはなかなか手が回らないのが現実です、ということだったのです。

それは八年目の出来事でした。千野さんとはほとんど初めからのお付き合いでしたから、苦労や歓びを共にしてきた沢山の思い出があります。それに私は気の良い千野さんのお父さんやお母さん、そしていつも元気で明るい奥さんのケイ子さんがとても好きでしたから、なんとも淋しい思いがしてなりませんでした。

本当にこの年は、「かかしの会」にとっては節目の年だったと思います。

千野さんが抜ける少し前から、となりの寄居町で農業している吉田浩さんという人が、少しずつ私たちの「かかしの会」に野菜を出荷していました。

この吉田さんはいつもニコニコ笑顔の絶えることのない人で、彼がいるだけでみんながほっとするタイプの人なのです。

千野さん騒ぎから三年が経ち、この吉田さんも私たちの主要メンバーとして落ち着きました。

当初から宗さんは、自分たちのやっていることを「当たり前の農業」「当たり前の食べもの」という言い方をしていました。

いま多くの人たちが普通に使っている「有機農業」という言葉は、私たちがこういうことを始める少し前あたりから突然使われ始めた言葉で、私も宗さんもそれを私たちの野菜や米作りに使いたくない思いはとても強かったのです。

私たちは、他の人たちが作り出した造語や理論に振り回されたくない、と思っていましたし、私たちは私たちのやり方でやっていく。遠回りしたり、時には逆向きになったりもしながら、私たち人間が生命を繫いでいくための「当たりまえ」の作物を作っていく、それが基本的な考えでした。

私たちの会には前にも書きましたように、入会金や出資金の類は一切ありませんが、小川町まで援農に行く人たちの交通費として、ひと月百五十円ずつ集めています。

その他は、農家の配達用の車にかける保険代とか、野菜分けに使うコンテナやカゴなどを購入するときの費用は、その都度必要な金額を必要なだけ集めています。そして、これも生産農家と折半しています。

私たちの会は、どこか一カ所にお金や力を集中させるということは一切ありません。ひと月に百五十円ずつ集めている援農費も、各ポストで消化出来ればそのままですし、使わなかったポストは、八つのポストのうちの一つで興栄マンションポストの菅さんのところに預けておき、必要なポストはそこからいただきます。

また、宗さんたちへ支払う野菜の代金も、すべてそれぞれのポストが直に渡しています。それぞれのポストが独立しながら、全体として繋がっているのです。

始めた頃は本当に少人数でしたが、いつの間にか今は全体で百五十世帯ほどになりました。数件だけの小さなポストもあれば、私のところのように数十軒のポストもあります。

始めた頃は、宗さんから届く野菜と市販のものを見比べてはいろいろ文句を言い出す人もけっこう多く、それを理由に、あるいは多すぎる量をこなせず辞めていく人が沢山いましたが、今はほとんどそういう人はいません。たまに転勤や転居で後ろ髪をひかれる思いで辞める人はいます。でも、そう遠くでなければ頑張って取りに来たり、転居先で新しくポストを作ってしまったりなどで逆に配達先が増えていきます。調布や小平ポストはそうして出来ていきました。

何度も言いますが、会則はありませんからそれぞれのポストはそれぞれのやり方で、野菜の配分方法を決めています。どこのポストも試行錯誤の末、一番やりやすい形に落ち着いているようです。個々のポストの運営はどこにも縛られません。

会則というか、決まり事によってひとつに統一されていないということは、ポストごとの独自で自由な動きが出来てとても面白いと思います。

また、宗さんたちと私たちの関係は丁度杵と臼の両方がなければ餅がつけないのと同じように、どちらが欠けても「かかしの会」としての存在は消えてしまいます。

双方五分と五分、対等な関係での付き合いです。

野菜の価格は原則として、宗さんたちの方で決めています。私たちはそのまま受け入れていますが、時々納得のいかない物もでてきます。そのような物は、次の集まりの時にそれをテーマにして話し合いをします。

また年に四回あるその集まりの時には、これまで届けられた物の質の良し悪し、量の過不足、価格についてなど、あるいはこの先に何を作っていくかなどなんでも出して自由に話し合っています。

この話し合いは順ぐりに各ポスト持ち回りですから、私たちはいつもどこかのポストに出かけて行きます。

繰り返しになりますが、私たちは本当に全然遠慮無く意見を出し合いますから、初めて参加した人たちはびっくりしてしまいます。でも年月と共にお互いをよく知り、信頼関係があるから何も心配はいりません。

つまり私たちは同じ釜の飯ならぬ、同じ畑の物を食べ合う仲間として、このような会合が持たれる度にさらに親しくなっていくのでした。

このように宗さんたちが上京するだけではなく、普段の援農以外に、私たちの方が出かけて行く大きな集まりが二回あります。それは秋の収穫祭と新年会です。

普段なかなか援農に来ない人たちも、この時は信じがたい程沢山の人たちが参加してくれます。なんと大型バスを借りてやってくるポストさえあるのです。もちろん電車組が一番多く、あとはマイカーです。でも、この行事はふたつともしっかりお酒が出ますので、酒好きな人たちは車を避けているようです。

そしてこんな時は、遠くに引っ越してやむを得ず会を抜けた人たちもやってきますから、本当に楽しく賑やかな一日になります。とにもかくにも人が沢山集うことは何より素敵で良いものです。

小さな編み物教室の片隅でささやかれた話に、つい私が乗ってしまったことから私の人生は大きくくるっと変わってしまいました。ここまで来たら、もう後戻りは出来ません。この先どうなっていくのか、日々流れていく時間が私の水先案内をしてくれるに違いありません。

それにこの「かかしの会」は、もうとっくの昔に私一人のものではなく、参加する多くの人たちのさまざまな思いを乗せた大きな乗り物のようになりました。

宗さんや拓さんたちも、この関係をずっと続けていく覚悟が出来ているようですし、私たちの方もすっかりその気になっています。十年一昔、といいますけれどなんだかあっという間のことでした。

これからまた、次の十年に向けて私たちは歩いていこうと思います。

第6章

ツバメと蛇の大戦争

埼玉県小川町竹沢。その山や畑、そして小川のせせらぎと子供たちのさんざめき。宗さんの裏山で落ち葉掃きをしている姿。宗さんのお父さんとジャガイモ掘りをしているところ。青田の中に点在している子供たち。小川でザリガニ追いかけている子供たち、などなど私の手元には竹沢を楽しむ子供たちの写真が沢山あります。

「たけざわ」、とひらがなで書かれた駅のホームの表示版を囲んだ夏服姿の子供たち。その中にはまだ小学生だった娘の直子や冬子の姿もあります。

八高線竹沢駅。この駅はたった一人の駅員さんというか駅長さんしかいないとても小さな田舎の駅です。ですから改札口には誰もいなくて、降りたお客さんはそこにぶら下げてある大きな空き缶に切符をポイポイ入れていきます。そんな駅みたこともない子供たちは、人がいないのをいいことに何度も出たり入ったりしています。たった一人の駅長さんは、電車の機関士さんとのやりとりで忙しそうです。

私たちは集団で何度もこの駅を利用するものですから、だんだん駅長さんと仲良くなりました。

ある時その駅長さんから、この駅はもうすぐ無人駅になってしまう、と聞きました。理由は利用する人が少なく、売り上げがないからとのことでした。

「それじゃ、売り上げが伸びればいいんですか?」とききますと、そうだ、というのでその次から私たちは乗車駅の武蔵境で最低料金の切符を買い、竹沢駅で清算することにしました。

ところが、私たちの方は大人と子供ごちゃまぜですし、乗車駅の違う人もいたりして、駅長さんは筆算したりソロバンはじいたり四苦八苦です。普段は日に数人の乗降客の駅に、一気に数十人が押し掛けるので慣れない駅長さんはパニック状態になってしまい、「みんなが帰ってくるまでに計算しとくよ。いいから畑に行っておいで」ということになってしまいました。

「今日は何やるの？」、とか「ご苦労さんだったね。暑かったろ」、とか駅長さんはいつも声をかけてくれました。私たちもおやつに出たトマトやトウモロコシを、これは駅長さんに、と差し入れしたりほんとうにいい関係になりました。

時には駅に着くと、すでに電車がホームに入ってきていたりして、私たちは慌てふためき「待ってー、乗せてー！」と大騒ぎで叫びます。すると駅長さんは

「大丈夫だよ、俺が行かなきゃ発車しないよ。切符は出来てっから行って乗ってな」、と笑ってハサミを入れてくれるのでした。

忙しく殺伐とした都会の駅とは、本当に何たる違いかと思います。

この小さな駅の待合室には、壁に造りつけのベンチがあって、冬になると赤い可愛い柄の小さな座布団がいくつも並べられています。駅の近くのお年寄りの方が、毎年作って届けてくれるそうです。この駅を利用する人たちはみんな駅長さんと顔見知りのようで、人と人との温かい心の通い合いがありました。

でもある日、そんなお伽噺のような世界に終わりが来ました。駅長さんが定年で辞めてしま

う、というのです。

「今度あんたらが来たときは、もういないよ」。

帰りの電車に乗った時、窓越しに駅長さんが大きな声で言いました。

電車はすぐに走り出し、さよならの握手もできない別れでした。

次に行った時、全然知らない小父さんが、あのなじみの駅長さんの帽子をかぶって立っていましたが、なんだか知らない駅に降りたようで困りました。

いつものように切符の清算になった時、「こんなことされたら困るよ。向こうでちゃんと買ってくれや」、と怒られる始末。前の駅長さんに聞いた話をしてみると、

「あんたたちに国鉄の心配までしてもらうこたないよ！」、とけんもほろろです。

前の駅長さんは、あんなにもこの駅を大切に思っていたのに……、と心の中に冷たい風が吹き抜けていきました。

そんなわけで、私たちはまた武蔵境駅で買うことになりましたが、丁度そのころ、回数券というものがあることを知りました。

通い始めた頃、片道三百七十円だったものが、何度も値上がりしてしまい、十年経つ頃には千円近くになってしまいました。一枚おまけの回数券は、ささやかな自衛手段となりました。ところが困ったことに、武蔵境駅には「竹沢」という判子がありませんでした。そこで窓口の駅員さんは手書きで、「竹沢　竹沢　竹沢」と何十回も書かなければなりません。全く申し訳な

くもありましたが、それを待つ私たちもジリジリしながら待っていたのです。

それがある朝、その分の時間を見込んで早めに並びますと、驚いたことに「竹沢」の判子が出来上がっていたのです。そして駅員さんは、ペタペタ、ペタペタと真新しい白木の判子であっさり切符を作ってしまいました。

「やったあ、私たちのためだけに、竹沢の判子が出来てしまった！」、ととっても嬉しくなりましたが、もしこれが前の竹沢の駅長さんだったら、「ほれみい、あんたたち用に判子作ってやっただよ」、ときっとニコニコ顔で自慢したに違いありません。

この出来事を通してだけでも、私たちがどんなに足しげく竹沢通いをしたかがわかると思います。そのうちあの白木の判子も、黒光りするに違いありません。

たぶん私たちのような集団の乗降客があることで、無人駅にはならずにすんだのかもしれませんが、あれから駅長さんは何人も変わりました。でも初めのような人間味のある駅長さんには二度と出会えませんでした。そして私も電車から車に代わり、その後のことは解りません。

「かかしの会」にとっても、境南小学校の給食にとっても、娘たちの担任であった東条信子先生の存在は欠かすことが出来ません。

その先生は数年前、山梨県韮崎市のぶどう農家の青年保坂さんと結婚し、教職を退いていかれました。

いまは健太くん、という元気のいい男の子のお母さんです。ある時訪ねてみますと、すっかり畑を耕す農家のお母さんになってしまいました。

去年の秋には家族三人連れ立って、ひょっこり我が家に現れ、二人で作ったとっても美味しいぶどうをごちそうしてくれました。

いまでは保坂さん、になってしまった東条先生も、学校を辞めるまでは私と同じですっかり竹沢に惚れ込んでしまい、暇さえあれば竹沢詣でをしていました。その時、いつも何人かの子供たちを連れての竹沢通いだったのです。

そんなわけで、私とこの先生はずいぶんと親しくなりましたけれど、この先生はとても口数が少なく、ぶっきらぼうで、身なりはかまわないタイプでしたから、学校やお母さんたちからはとても誤解されやすかったと思います。でもこの先生はいつも子供たちのことを思い、日々痛めつけられていく自然界のことを思う心でいっぱいでした。そんな思いが毎年いただく年賀状にしたためられていて、私の方も胸がいっぱいになるのでした。

この先生と二人での竹沢通いの間には、いろいろな思い出がたくさんあります。

あれは五月の頃でした。その日も先生は、十人前後の子供たちを連れてきていました。午前中はなんとか畑の草取り手伝いをしていた子供たちですが、午後は当然のように遊び始めてしまいます。すっかり慣れてしまった野山や川で神出鬼没、まるで野ウサギのように走り回る姿は、もうすっかりこの土地の子のようです。

そんな彼らを自由にさせといて、私たちはキャベツ畑の草とりをしていました。するとどこかで、

「せんせー、せんせーッ、きて、きてえーっ！」と子供たちの叫び声です。大きな声にしてはあまり緊迫感がないので、様子をみていました。

すると次は

「せんせーっ、ヘビがツバメをつかまえたよー、助けてやってぇーっ」の大声です。

そういいながら子供たちは、そこらの土くれを川向こうの茂みに投げつけています。

「きみたち、ほっときなさいよ」、と先生です。

「だって、ツバメが食べられちゃうよ」

「いいわよ、食べられたって」

「えーっ、先生ってザンコクーっ！」

「なんで？」

「だってかわいそうじゃん。鳥が食べられちゃうんだよ？」

「でもヘビがせっかくつかまえたんでしょ？　あれはヘビのエサよ」

「だってぇ……」

「だって何よ。ツバメは空を飛べるでしょ。そのツバメがヘビにつかまったんだもの、仕方がないでしょ。ヘビの勝ちよ」

「……」

「生きてるものって、みんな色んなことして自分のエサを探すのよ。あのツバメだって沢山虫とって食べてるんだから同じよ。それともその虫も助けてやる?」

「えーっ、虫は虫じゃん……」

「虫だって生きものよ。鳥より小さくてかわいそうじゃない?」

子供たちは、先生と問答しているうちにだんだん静かになりました。

「人間なんて、もっと残酷だよ。鳥だって魚だって牛だって豚だって、なんだって食べるんだから……」とどめの一発です。その後へビとツバメはどうなったのか、すっかり気勢をそがれてしまった子供たちはだれも見届けようとしませんでした。こうして畑に通っていますと、子供たちは、こうした小さな生き物たちの生死をかけたドラマをいやでも目にすることになりました。

竹沢はとても蛙の多いところです。もちろん蛙は日本中にいますけれど、竹沢には食用蛙もいて、まるで牛のような鳴き声が聞こえてきたり、畑の土をひっくり返すと、グロテスクなイボガエルも出てきます。ある時、宗さんのお母さんと里芋掘りをしていた時のことです。霜を受け、すっかり葉のしおれてしまった里芋の根かたに思い切りよく鍬を振り降ろしたとき、土の中で冬眠中の大きな蛙のお腹をグサリ、と割ってしまいました。そんな時、ほんとうにびっくり、自分の胸までグサリ、としますが、宗さんのお母さんは「あ、やっちまったよ」、とあっさりしたものです。

そんなところに、今度は野ネズミがチョロチョロ顔を出しました。

「あ、ネズミだー！」

「つかまえようよ」、とまたまた騒ぎ出す子供たち。ところがその子供たちより早く走り出したのはお母さんです。あっという間に地下足袋で押さえつけ、バッサリ鎌で殺《や》ってしまいました。

「ネズミはね、こうやっちまわんと畑のもん何でも食い荒らすんだよ」、とお母さんです。あまりの早業と、目の前でみた光景に声の出ない子供たちです。何にもいわずに散っていきました。

こうした光景はいかにも残酷なようですが、強い農薬をかけてしまえば、人の目に触れないところでネズミもモグラもカエルも虫たちも、みんな静かに死んでいきます。ほんとうは、その方が大量虐殺でもっともっと怖いことなのですが……。

子供たちが、赤ガエルの食べ方を教わったのも、この竹沢でした。

「ほら、こんなに赤いカエルがいたよ」、とつかまえてきた子がいます。

「どれ、かしてみな。皮の剝き方おそえっから」

そう言って手を出したのは、宗さんの妹の淑子さんでした。

ちょいと首のあたりにキズをつけ、つるりとまるでツナギの服を脱がすようにして皮をはぎますと、まるで鶏のササミのような透き通った白い肉が現れます。二本の後足をはずして、ちょっとおしょうゆをたらし、ホイルにくるんで火にあぶると、そのうちプーンとえもいわれぬ良い匂いがただよい始めます。さっきまでそこらをピョンピョン跳ねていた一匹の赤ガエルが、あっという間においしいごちそうに変わってしまいました。こんなの絶対、東京での暮らしの中では体験できません。これこそほんとうに生きた教育というか、生きる知恵というものです。

竹沢に行って喜んだのは子どもたちばかりではありませんでした。ある冬の朝のことです。いつものように食材届けに給食室の裏に行きますと、待ってましたとばかり海老原さんが飛び出してきました。

「ねえ山田さん、あれから先生たちの目の色が変わってしまったのよ。教頭先生なんかもう生き生きしちゃって。職員室の中、ワラだらけよ」、とまるで奇跡でも起きたかのように大興奮の海老原さんです。

それは数日前の日曜日のことでした。境南小学校の先生方十数人が、教頭先生はじめ用務員の小父さん、警備の小父さんなども交えて小川町の宗さんの家を訪ねたのです。

先生方ははじめ、小川町の特産品である和紙作り見学の計画を立てていました。でもせっかく小川町まで行くならぜひ畑の方も見てください、ということで計画変更となりました。こんなことって、めったにないことですから私も心から大歓迎でした。

小学校では、二年生と五年生のとき、社会科で農業のことが少しだけ出てきます。でも実際にやったことのない先生方がほとんどで、まさにそれは机の上だけの勉強というか教育です。

私たちは先に行き、畑仕事をしながら待っていました。先に和紙作りを見学した先生方は、三々五々、何台ものマイカーでやってきました。降り立った先生方の足元を見ますと、みんな革靴ばかりでとても畑に入れる姿ではありません。中には八ミリカメラ持参の先生方もいます。その人たちは、早速ジージー、ジージーと辺りの景色を撮り始めました。畑の脇には、こんもりとした堆肥の山がありましたが、もちろんカメラはそれも収めます。

「こっちのは、この冬掃いたばっかかの木の葉です。さわるとまだガサッと音がするような状態です。こっちは二年目、そっちは三年たって、ハァ完全に土になってます。こういう状態のものを腐葉土、といって、主に野菜の苗づくりに使います」。

宗さんがいくつかの堆肥の山の説明をしていきます。

「これでわかりましたよ。山田さんがいつも校庭の落ち葉を欲しがるわけが」、用務員の小父さんが納得したようにうなずきました。

境南小学校のシンボルは、大空に向かって高々とそびえたつ欅の木々です。冬になると大量の落ち葉がカラカラと音を立てて舞い散り、校庭を一面埋め尽くしていきます。用務員の小父さんは毎日せっせとそれを掃き集めては、校庭の隅にある焼却炉で灰にするのが日課になっています。それを私はいつも横取りして小川町に運んでいたのでした。

いま用務員の小父さんは、堆肥の山を見、宗さんの話をきいたことで私のやっていることのほんとうの意味がよくわかったようでした。

「ヘエー、野菜の苗土作るのに三年もかかるなんて、びっくりだねぇ、まったく……」、とやたら感心する先生がいるかと思えば、「確かあの中にはカブトムシの幼虫がいるんですよね。子どもの頃よく堆肥の中かきまわしておやじに叱られましたよ」、と懐かしがる先生もいます。

また別の先生から

「これは木の葉だけですか？」、という質問がでてきました。

「いや、しばらく置いて木の葉が落ち着いた頃、二年ばっかし寝かせた牛の糞と石炭まぜて重ねていくんです。あと、一年に二回っくらいひっくり返ししなきゃうまくないね」、と宗さんです。

「これだけのもの、切り返すったら大変だね！」

そんなことを言いながらその先生は、そこらにあった棒っきれを拾ってきて、ちょっとその堆肥の山を突っつき始めました。するとたちまちその中からモワモワと白い湯気が立ちのぼってきました。

「いや、たいしたもんだ。すごい熱をもってるよ……」

先生方の目は、そのモァモァの湯気にみとれています。

「堆肥熱は七十度から八十度くらいになるんだいね。昔はどこの農家もこの熱使って種子を発芽させたんですよ」。

宗さんは得意そうに説明を続けていきます。

堆肥置き場の横には、ずいぶん前に稲刈りのすんだ田んぼがありました。稲の切り株はすっかり枯れはてていますけれど、その間の黒土のところには、稲刈りのあとに蒔いた麦の新芽が色鮮やかに、十二、三センチに伸びていました。それを見つけた一人の先生が、

「麦畑なんて、ほんとに懐かしいなあ。ほらえびさんよ、麦ふみしたことあるかい？　ほらこうしてやるんだよ」

そう言いながらその先生は腰に手を組み、革靴のまま横歩きに麦の新芽を踏みつけ始めました。すると他の先生方も、どれどれとばかり畑に入り込み、思わぬ麦踏風景が展開してしまいました。

このあたりの農家では、稲の後に麦を作る裏作農業が続いていました。始めの頃私たちは、「作ってください」、と頼みもしないのに、用途に困るほどの小麦粉が野菜と一緒に運ばれてくるので、中には使いきれない、と悲鳴をあげる人もけっこういたのです。

なんでこんなに粉が来るのか、初めのうちはよく解らなかったのですが、この辺りの人たちは、うどんは自分の家で打って食べるのが普通のことだったのです。それは結婚する女の人の必須条件だというのです。ですから東京に住む私たちも、当然うどんを作ると思っていたとの

ことでした。今はこの麦ふみも人の足ではなく、耕運機をゆっくり動かし、そのタイヤで踏みつけています。人出のない今となっては、なるほど合理的ではありますが、季節ごとにあった一つの風物詩が無くなってしまったのでした。

日本が戦争に負けた頃、私は当時の国民学校の二年生でした。あの頃は、老いも若きも男手はみんな兵隊にとられていき、農家では人手がなく困っていました。それでその季節になりますと、まだ小学生の私たちも集団であちこちの農家に出向き、やりかたを教えてもらいながら麦踏み作業や稲刈り後の落穂拾いをしました。

「麦はね、踏めば踏むほど強く育つんだからね」、と私たちは農家の人に教えられ、麦が可哀想だなあと思いながらも一生懸命踏みつけたのを思い出しします。大人と違って体重の軽い私たちが踏んづけたものは、ほんとうはどうだったのかな？　といまは思います。でもその頃の私たちはそういう作業に行くのがとても嬉しかったのです。それは、手伝いの後に出てくる大きな白いおにぎりでした。その頃の私たちは、本当にいつもいつもお腹を空かし飢えていました。あの頃農家ではない私たちの家では、米粒よりサツマイモや切り干し大根の方が多い食事があたりまえのことでした。そんな時、田の畔に座っていただく米粒だけのおにぎりはほんとうに涙が出るほど美味しかったのです。まるで子供のように楽しそうに麦踏みをしている先生方の姿を見ながら、遠い子どもの頃の思い出がよみがえってくるのでした。

畑の、というか田んぼの土手の陽だまりには、冬の日差しをたっぷり吸いこんでいかにも温かそうな稲藁が沢山積み上げられていました。目ざとくそれに目を止めた教頭先生、その中から数本引き抜きその袴をしごき、端をちょっと結んで手際よく細い縄をない始めました。その手つきの良いこと、お見事です。もちろん他の先生方の眼はそこに集中していきました。

「なんだかいつもと違うね」

「人がかわったみたい」

かたわらから他の先生方のささやきが聞こえてきます。

職員室での教頭先生が、どんなご様子なのか私には解りませんが、いま目の前で縄をなっている先生は、まるで子供の様に生き生きとても楽しそうです。もちろん他の先生がたも「どれどれ」と手を出してきて、教頭先生から手ほどきを受けはじめました。ここではみんな、学校でかぶっている「先生」という仮面を外してとてもとても楽しそうです。普段の学校でもこんな感じで子供たちと接して下さったら、きっと学校はとても明るく楽しいところになるに違いありません。

人は土に触れ、自然の営みの中に立った時、ほんとうに素直になるのかな、とふと思いました。

その日先生方は私に、私の車で少し稲わらを積んで帰ってほしいと言い出しました。もちろん私は大喜びで持ち帰り、次の日学校に届けました。

その後職員室では、竹沢に行った先生行かなかった先生関係なく、その稲わらで遊んでしまったというのです。なかには自分の教室に持ち込んで、子供たちと遊んだ先生もいたそうです。

藁は、神社や神棚、お正月のしめ縄のような神事に使われたり、ひと昔前までは屋根や壁の建材になったり、ムシロや縄、鍋敷きやワラジといった履物、そして玩具など生活のあらゆるところに使われ活かされてきた、人の生活に大密着した文化でした。それは竹などについても同じことが言えると思いますが、いつの間にか石油製品にとって替られてしまい、ワラや竹の存在は忘れられてしまい、逆に邪魔にする農家さえ出てきました。活かす場がなくなってしまったワラはどこでも燃やして灰にしてしまっています。でも、この宗さんの家のワラには不思議な力が宿っていました。なにしろ大の大人たちをこんなに夢中にさせてしまったのですから……。

「小川町で何があったの?」、と行かなかった他の先生方が不思議がるほど、その後の教頭先生は変わってしまい、これまでと違い何につけてもとても積極的になり、次の年には校長先生になって他の学校に移っていかれました。

いまこれを書いていて、ふと「わらしべ長者」のお話を思い浮かべてしまいました。

私たちは子どもたちの春休みを利用して、何回か「歩く学校」という試みをしたことがあります。

最初は、この武蔵野市から小川町までの約六十キロの道のりを、全部歩いて行ってみたい、と思ったのですが、歩く者の立場になって車を走らせてみますと、特に都市部の道路は大勢の子供や大人が連なって歩くには少々危なすぎるのがわかりました。

道は幅広いところ、狭いところとさまざまですし、ひっきりなしに走ってくる車の騒音や排気ガスにもひやひやしながら大勢で歩くのはたまらない。別な方法を考えましょう、ということになりました。初めの発想は、車や電車に乗らず昔の人のように、とにかく「歩いてみよう」ということでしたが、その前に今の私たちの生活全般、つまりこの便利で明るい、そして何事もスピード化されすぎている在り方をとことんよく考えてみるのはどうだろう、という話になりました。

例えば、まず「火」はどうでしょうか？ 命の火、煮炊きをする火はスイッチ一つのガスコンロ、ストーブの中に閉じ込められて、「火を起こす」という行為からはるかに遠のいてしまいました。水だって同じです。いまはほとんどのところで、川の水とか井戸の水ではなく、水道の蛇口を通してしか水はやってこなくなりました。電気がなければ掃除も洗濯もできないだけではなく、いったん水洗トイレの故障や断水にでもなったら、排泄物の始末さえ出来ないのが今の都市生活者の現実です。そして何より致命的なことは、お米や野菜といった、いわゆる生命を繋ぐ食糧全般を他人《ひと》さまの手に委ねてしまっていることです。

一旦事が起きたとき、私たちはいったいそれらの物をどこでどうやって手に入れられるのか、ただただ行政の救いの手を待つだけなのか、いまの子供たちや若い人には、水や火といったものをどうやって手に入れたらいいのか全くわからないに違いない。そんなことをあれこれ考えたり話したりしているうちに、そうだ、とにかく自分たちで何ができるか、ごくごく初歩的な「生きる知恵を学ぶ」、そんな試みを子供たちと一緒に春休みを利用してやってみようか、ということになりました。

早速そんな趣旨で呼び掛け文を作ってみましたが、初めは多くて二十人くらいかな？　と軽く見積もっていたのに、なんと四十人近い申し込みがありました。みんなこの便利すぎる世の中、生活の中で異なった何かを求めているのかもしれない、と思いました。

場所は、小川町からそう遠くない鳩山村にある「子どもの家」を四日間借りることにしました。この「子どもの家」は、そのすぐ近くにある「原爆の図」などで有名な「丸木美術館」関係の石川さんという方が中心となり、自分のお子さんたちも含めた十数人の幼児たちの自主保育をやっている場所でした。建物は藁ぶき屋根の民家で、今回のようなことをやるにはもってこいのところでした。

何よりも素晴らしかったのは、そこでは家の中で火を焚けることでした。もちろん子供たちは思いっきりたくさんの薪を拾ってきて、外での焚火を存分に楽しみましたが、この、家の中で火を焚く、火を燃やす、という行為はこれまでの生活の中には全くなかったことでしたから、ほんとうにとても新鮮でびっくりの体験だったのです。

子供たちの持ち物は、少しのお米と小刀と最低限の着替えだけで参加すること、と決めてありました。

八高線の越生《おごせ》駅から、この「子どもの家」までの約七キロの道程は、もちろん歩きです。春の野道はほんとうに素晴らしかったのです。もういろんな野草がしっかり芽を出し、顔を揃えていました。おなじみ、といっても初めて見る子供たちもいましたが、あの一種独特、ユニークな姿のツクシなどはいたるところに生えていて、それを摘み始めますと、つい時を忘れきりがない世界に入り込んでしまいます。

とにかくお米以外のおかずは、すべて現地調達。出来るだけ野の物で賄うことにしてありましたから、とにかく食べられる草はないかと、歩くより止まっている方が長くなってしまいます。

そうして得た収穫物は、まずツクシ、タンポポ、野ゲシ、ヨメナ、セリ、ヨモギ、カンゾウ、春蘭などなど、けっこうな種類になりました。でも何しろ人数が人数ですからこれだけでは足りそうもなく、近くの農家さんを訪ねて野菜を少し分けていただきました。

「子どもの家」に到着し、それぞれ荷物をおろしたあと、何人かは私と一緒に竹林を持つ農家へ出かけていき、大きな孟宗竹を二本分けてもらいました。

この竹は何に使うかはもちろん決まっています。何しろ子供も大人も、お米と小刀と着替えしか持ってきていません。このときもまた、前の「たべもの村」づくりの時にも大活躍してくださった大きなガキ大将矢島の小父さん指導で食器や竹箸作りが始まりました。お皿やお茶碗類は全部各々自分たちで作るというわけです。それが出来ないと食べ物にありつけません。もちろんほとんどがノコギリはおろか、小刀を使うのも初めての子ばかりですから大変です。小父さんが大ざっぱに切り分けたり割ったり、削ったりした物を器用な子、不器用な子各々の個性のままになんとかかんとかそれらしいものを作り上げていきました。

大人たちは別な場所で、やはりガスコンロなどは使わずに慣れない火を焚きながら食事作りに励んでいます。

そうです。食器や食事作りのほかに、もう一つ大事なことがありました。私たちはこの「子どもの家」のトイレは、一切使わないことにしていたのです。ですから大急ぎでトイレづくりも始めました。

その作業は年上の男の子たちに頼みました。彼らはすぐ目の前にある田んぼ寄りの、何本かのツゲの木の間を選び、出来るだけ深い穴を掘り始めました。小刀も使えない小さな子どもたちは、いったい何だろう？ とその周りをウロウロしています。なんとか掘り上げた穴を赤いシートで囲み、三本の立木、つまりツゲの木の枝を利用してうまいこと天井もできました。穴には二枚の板を渡して、いわゆるボットン便所、トイレの完成です。そしてその穴のそばには、ギッシリ落ち葉を詰め込んだ飼料袋が置かれています。掘り上げられ小さな山になっている土には一本のシャベルがさしてあります。そしてこのトイレの入り口には、「使用上の注意」という立札がとりつけられました。

・自分の好きな方を向いてやってよい。
・用を済ませたら、まずその上に落ち葉をひとつかみ乗せて、土をかけてから出る。
　これは大の方。
・落ちないように気を付けること。

歩く学校　校長より

　家の中でジャンジャン燃やせる火と共に、この野外トイレはハイライトだと思いましたが、生まれたときから水を大量に流すトイレしか知らない子どもたちは、なんとも落ち着かないというか怖いらしくて、こっそり家の中のトイレに入ろうとする子の数はけっこう多く、大人たちはなおのことでした。そして、この三泊四日の合宿は、そこに参加した人たちのいろんな側面、内面そして個性を浮きぼりにしてくれました。

　朝昼晩、三度の食事をなんとかきちんとやりたい、とやっきになるお母さんがいたり、みんなが遅くまでワイワイやっていると、我が子だけはなんとかいつもの時間に寝かせようと、いやがる子を隅の暗がりに連れ込むお母さんもいます。

　このような処に来ても、やはりいつものように決まったことを決まったようにやらないと気のすまない人は結構多いのに気づかされます。日常的な生活を離れ、こんなにも非日常的な集団の中で何日かを過ごそうとするとき、その雰囲気、流れに溶け込めずにいつもの時間や習慣に支配されたままでいたらとてもつらいだろうに、と思うのです。ほんとうは、そういう思いや行為をこそ払拭したいのがこの試みの狙いでしたが、これは子どもの問題というより、その子育てをする大人の方の問題だな、と改めて思いました。

もちろん私たちは足掛け四日間の間に、地元の方々や、この「子どもの家」を活用しているお母さんたちにも来ていただき、一緒に竹の楽器作りや演奏会をしたり、沢山のおしゃべりや餅つきなどもやりました。そして小さな山とひとつと、一本の川向こうにある「丸木美術館」まで歩いて出かけたりもしました。

そんなこんなの四日間は、長いような短いような不思議な感覚の中で過ぎていき、いよいよこの家とお別れの時がきました。

火の始末、家の内外のお掃除、野外トイレも元通りに土を戻し、地ならしをしました。足の遅い子供たちは先に出発。すっかり片づけを終え、ぐるっと家の内外を見回り、最後に「これでよし!」と自分に言い聞かせたとき、ほんとうにほっとしました。正直なところ、いきなり初めから四十人はちょっとばかり多すぎました。

「次はもっと少人数でやりましょうね」、と思わず相棒の白石さんに言ってしまう自分に、私って全然懲りていないんだ、とあきれてしまうのでした。

ところで帰りはすべてすんなりいったかといえば、そうではありませんでした。

「あのう、私たちが乗る電車の時間はわかっているんですか?」、と例のいつでも時間を守りたいお母さんが言い出しました。

「いいえ、わかっていませんけど……」

「あら、どうしてですか？　時間もわからずどうして行くんですか？」

とびっくりあきれ顔のお母さんです。

「わかったって、その電車にのれるかどうかわからないでしょ？」、と私。

「わかればその時間に合わせて歩きますよ」、とそのお母さん。

「違うの、私たちが電車の時間に合わすことはないでしょう。時間に合わせようと思えば、子どもたちをせかしてしまったりするでしょう。帰り道だって面白いことがあったら遊べばいいんだし……」。そして駅に着いた時、乗れる電車に乗ればいいし、別に最終電車ってわけではないし……」

「でもせっかく着いたのに、いま出たばかり、なんていったらどうします？」

「次のを待てばいいでしょ？」

「………、お先に失礼します！」、と彼女は我が子をせかしながら行ってしまいました。

次の年、私たちはまたまた性懲りもなく、今度は山梨県の明野村に住む、前にも紹介しました早川宗延さんの農場に出かけていきました。そこには「松ぼっくりの家」という、外の人たちにも開放された素敵な家がありました。今度は前回の約半分強、二十四、五人の参加でした。

場所が変われば品変わる、ではありませんが、こちらは同じ春休みでもまだ冬の終わりのような風景です。春の野草なんてなんにもありませんでした。そんなわけで、食材に関してはすっかり早川さんのお世話になってしまいました。

この辺りの景色は前回の会場である埼玉県とは全く違って、山の高さや広がりなどは幾まわりも大きなスケールで、気持ちの方もぐんと大きくなりそうでした。

薪を集めたり、竹の食器を作ったりは前の年と同じでしたが、今度貸してもらった家は家の中で火は焚けませんでした。その代わり、外での火はまるでキャンプファイヤーそのもので、山のスケールと同じように猛々しく大きく燃え上がったのでした。そして何より良かったのは、早川さんの平飼いの鶏小屋に入らせてもらい、産みたてほやほやの卵を集めたり、畑にジャガイモを植えたりなど農作業の体験をあれこれさせてもらえたことや、大勢の土地の子どもたちとも交流できたことでした。

また野菜ばかりのおかずが続いたとき、子どもたちの中から「これじゃたんぱく質が足りないよ。肉が食べたいよ」、と声が出てきて、それを聞いた早川さんが、

「それじゃあ」、と生きているニワトリ二羽を持ってきてくれました。

ところが子供たちは、生きているニワトリを前にして殺して食べたい組と、殺すなんてかわいそう組の二手に分かれてしまい、延々数時間にわたる攻防戦が繰り広げられてしまいました。

食べたい組は、早川さんが用意してくれた大鍋にいつでもニワトリをぶち込めるようにと、

ぐらぐら湯を沸かしますし、かわいそう組は二羽のニワトリを抱えて裏山に逃げ込んでしまいました。

そのうち、やっと説得されたかわいそう組がニワトリを差し出すことになったのですが、いざ食べる段になった時、カレーや焼き鳥になった肉を双方共おいしい、おいしいと奪い合いになるほどきれいに平らげてしまいました。

「食べない子が出るんじゃないかと心配したけど……」と早川さんはとても楽しそうに笑っていました。それにしても生きているものの命をいただく、そのことが少しでも解ってくれたらいいのですが……。

去年も今年も、わずか数日のお祭り的体験でしかありませんが、この子たちが生きる上で時々思い出してくれたら、と思います。

第7章
我が家の娘たちは農業高校へ

いま私の家の朝は、五時過ぎに動き出している様子です。

こんな言い方は変ですけれど、私自身は七時頃になってやっと起きだしますので、それ以前のことはあまりはっきりしないのです。

まず末娘の章子が五時過ぎに起き、昨晩片付けきれなかった台所の始末をしてお米を研ぐ。六時頃に次女の冬子が起きだして、お弁当とご飯の支度をする。たぶんそんな段取りになっているらしいのです。そういうことになるには二人の間で話し合いがあったのかな、と思いますが、本当は去年の夏までの章子は、宵っ張りの朝寝そのものでした。夜は何やらせっせと書いていてなかなか寝ないし、従って朝は起こしても起こしてもの状態でしたから、今のように朝五時過ぎに起きる、なんてまるで奇跡が起きたような変貌ぶりはちょっと信じがたいものがありましたが、寒い冬の朝もよく頑張りとおしました。その章子も、いまは高校一年生。この春から府中市にある都立農業高校に通っています。

去年の春中学三年になったころから、章子はいったいどうするのかな、高校に行くのか行かないのか、いったいどうするのかな、と思っていましたが、夏休みが終わって二学期が始まり、だれもがそろそろ進路を決めるころになって

「ねえお母さん、私やっぱり高校いくよ。いいでしょう?」、と言い出しました。

「どうぞ、行きたかったら行ってください。それでどこに行くつもり?」

「考えたんだけど、普通高校に行く気にならないし、農業高校にしようと思うんだけど……」

そう、やっぱりね、と私は思いました。そうなるとうちの娘たち四人のうち三人までが同じ府中の農業高校に行くことになります。普通高校に行ったのは三番目の娘、志乃だけです。

それにしてもあんなに学校嫌いだった章子が高校に行くことを決めたいきさつは、一体何だったのだろう……、と考えてしまいました。

ある日カバンも何もかもほっぽり出して、彼女が家出を企てたのは、確か小学校三年生の時だったと思います。

その日、夕方かなり遅くなっても章子はなかなか帰ってきませんでした。

玄関にカバンはあるので、学校の帰りが遅いわけではなく、たぶん友達の家に遊びに行き遅くなっているのかな、くらいにしか思っていませんでした。それにしても、と思いながら夕食の支度をしている私に、直子だったか冬子だったかが

「お母さん、章子どうも家出したらしいよ」、と言い出しました。

「どうして?」

「さっき、お母さんが帰ってくる少し前に章子からデンワがきたの。二、三日家出するからって……」

「ほんと?　どこに行くって言ってた?」

「わかんない、デンワ切れちゃった」。

それを聞いてやっぱり、とは思いましたが、それにしてもいったいどこに行ったのかとさす

がに呑気な私もかなり気になり始めました。

まもなく会社から帰ってきたお父さんは、私のようなわけにはいきません。まるで自殺でもしてしまいそうな騒ぎの心配ぶりでした。そんなこんなしているところへ、九時ごろになって竹沢の山田拓男さんからデンワがありました。

「章子ちゃんがウチに来てます。いまお風呂に入っているのでデンワしました。本人は家出と言っていますけど……。今度の金曜日、野菜を持っていくとき連れていきますから」、というわけでした。まさかあんなに遠い竹沢まで、と思いましたが、考えてみればそこ以外に行くところはないかも、とも思いました。

「せっかくの家出ですから、金曜ではなく日曜日まで置いといてくださいませんか。私が迎えに行きますから」。

「そうですか……。わかりました」、と何か言いたそうな感じの拓男さんの声でした。私の言い方に、あの実直で生真面目な拓男さんは戸惑ったのかもしれません。それにしても、章子はなんといいところに逃げ出したものだ、と私はすっかり安心してしまいました。

私が「かかしの会」を始めた頃、章子はまだ学校にも上がっていませんでしたが、その時からずっと、私の行くところはどこにでもついてきた、というか私が連れ歩きました。特に竹沢へは私が行った回数とほぼ同じだけ通ったわけですから、あのあたりの田や畑、山や小さな川の流れなど、土地の子といってもいいほど慣れ親しんでいたのです。同じクラスの子どもたちが一緒の時は、まるで自分の家や庭を案内するかのように、どこか得意そうで、そんな時は他の子どもたちも章子のいうことをよく聞いていました。章子はすっかり竹沢の子になっていたのかもしれません。

私たちはほんとうによく竹沢に通いました。週に一度、竹沢に行くために他の六日間があるような生活でした。

他の人たちは、田畑の仕事を大変だ大変だといいますけれど、私はとにかくそこに行き、土にふれているだけで幸せでした。何より辺りに人家が少なく、静かな野山のたたずまいが大好きでした。

そんな私といつも一緒だったのですから、章子がそこを家出先に選んだのはごくごく当たり前だったと後で気付いたのでした。

章子が家を出たのは水曜日でしたが、日曜日に行ってみると、宗さんの弟のキンちゃんと今マラソンに出かけています、とのことでした。しばらくして一人前に首にタオルをひっかけた二人が戻ってきました。

「あれ、お母さん来てたの、お久しぶり。なんだ今日は日曜日だっけ?」

まったくどこにも家出娘らしくない明るさです。でも私がちょっと、と何か言おうとした途端、

「ちょっと待って。私学校なんか行かないよ!」、と先を越します。

もちろんそうに決まってるでしょうけど、と思いましたが、その時はもう何も言わずにいつものように畑仕事を始めた私でした。

家出をした日、章子は学校の友人関係で何か不満やるかたない何かがあったらしいのです。普段から学校で何かわけもなくいじめられて、いやだ、学校なんか行きたくない、といっていたのです。小さい子にとっては、ただ靴下をはいていない、といったちょっとしたことだけでも立派ないじめの対象になってしまうようです。

そして、とろいとかいつも同じ服を着ている、成績がよくないなどといったことが、いじめて当然、いじめられて当然となってしまいがちで、大人よりも子供の世界はほんとうにストレートで残酷な世界だとつくづく思います。

ともかくその日、章子は二度と学校なんか行くものか、とわずかにあった七十円のお小遣いを握りしめ家出を決行したのでした。その中から五十円で切符を買い、あとの二十円をデンワ代に残したというわけです。

幸い、と言ってはいけませんが、前にも書きましたように竹沢の駅には駅員さんがいませんので、彼女は料金不足のキップで外に出てしまったのでした。十円で家出を知らせるデンワをした後、残る十円を握ってひたすら拓男さんの家を目指して歩き続けた、ということです。通いなれた道とはいえ、いつもと違ってただ一人。しかも秋の日は短く、都会と違って街の明かりも何もない夜道を歩くのはさぞ心細かったに違いない、とその歩く姿が目にちらついて困りました。

とにかくいま学校も社会も、そして日常的な人と人との関係何もかもが大きく狂ってしまっているのではないか、ほんとうにそれでいいのか、と思うのです。

ここにきて、世の中はいまさらのようにいじめの問題を大きく取りざたし始めていますが、ちょっと周りを見渡してみれば、あっちにもこっちにも学校に行きたくない子供たちはほんとうに沢山沢山いるのです。大人たちが、たかが子供のいじめと言っているうちに小さな犠牲者が次々あとを絶たない世の中になってしまいました。

よく解ったげな大人たちが、いじめる子も悪いけれど、いじめられる方にもそれなりのわけがある、などと言ったりしますが、そんなこと言っている間に、死の淵を歩いている子供たちがどんなに沢山いることか……。

私は自分の子どもたちを通してそのことが、悲しすぎるほどよくわかります。ほんとうにこれは他人ごとではありません。

日曜日の夕方、章子は拓さんの家に別れを告げました。それ以上お世話になることはできなかったのです。学校を休んで何日も家出をしてしまった娘を叱りもしない私のことを、拓さんも宗さんも全く理解できなかったのです。二人にとって子供は「学校にいくもの」、と決まっていました。「ちゃんと学校にも行けない子は、大人になってもろくな人間にはならない。これからは学校の休み以外に来ても泊められない」、と言い渡されてしまいました。

その日の帰り、丸木美術館に立ち寄り事の顛末を俊さんに話しましたら、

「じゃあ、少し章子を預かろうか」、とあっさり言ってくださいました。

そして章子に、位里さんのお母さんのすまばあさまや、アメリカンインディアンの話を聞かせてくれました。

「位里のお母さんのすまばあちゃんはね、とっても不思議な人だったよ。字も書けないし読めないし。でもなんでもよく知ってる人だったのよ。買い物に行っても一度もごまかされたりなんかしなかったのよ」「インディアンはね、文字ってものが無いんだって。文字がないから自分たちが生きるのに必要な知恵は、みんな体で覚えて、体が何でも知っているんだって。そして自然の中で自然の掟をしっかり守って生きてるんだそうだよ」

そういうわけでそれからしばらくの間、章子は家出先を丸木美術館に移しました。

毎日俊さんと一緒に畑のことをやったり、太い桐の木を一本切り倒して、太い幹では面をこしらえ、太い枝から順々に笛や擂りこぎ、衣紋掛けなど思いつくまま次々といろんなものを作ったようでした。

美術館のすぐ下には、浅くて幅の広い都幾川の流れがありますが、その川原から大小さまざま、色も形も様々な小石を拾ってきてはその石の形から見えてくる生き物や草木の絵付けをしたりと、俊さんとたくさん楽しんだようです。

そうこうするうち家出してから半月ほどが経った頃、「章子、そろそろ学校に行ってみたら?」と言ってみると、「うん」と意外と素直な返事が返ってきました。

それからは、月曜から金曜まで学校に行き、土曜日には泊りがけで俊さんの元へ行き、日曜日、畑の帰りに私が美術館によって彼女を連れ帰る、というパターンが定着していきました。ですから数年の間、彼女は美術館の大人たちに囲まれて成長していったわけでした。

そういう繰り返しの時、俊さんがニヤニヤしながら私に言いました。

「あのね、この前章子がこんなこと言いに来たのよ。私、高校にはいかないけど、中学にはいくことにしたから、って……」。俊さんは何やらクスクスとても楽しげに笑っていました。

その頃私たちは章子に

「中学は行かなくてもいいから、せめて小学校ぐらい落第しないで行ったら?」、と言っていたのです。ですから彼女の方から、

「中学は行くよ」、と言い出したことが、なんだか可笑しいけれど嬉しかったのです。

その頃の私は本気で、もうひとつの学校を創りたいと考えていました。いえ、学校というよりは一種の〝かけこみ寺〟のようなものをと考えていました。その発想のもとには、この章子の問題だけではなく、上の直子や冬子のこともあったからでした。とにかく今、学校だけではなく、親からも逃げ出したい子が沢山いるのではないだろうか、そういう子どもたちがフーッと大きな息をつくことが出来るような場所を創ってみたかったのです。

私が俊さんや他の人たちにそんな話をするのを、章子はいつもそばで聞いていました。ですから彼女はほんとうに期待していたようで、「ねえお母さん、その学校はいつ出来るの?」と度々私に聞くのでした。その度私は、「うん、そうね、そのうちね……」という生返事ばかりしていました。

例えばその場所は、小川町のように私の日常的な行動範囲の中に欲しかったのです。実際探し歩いてもみましたが、問題は場所以上に、その場にどんな誰が常駐できるのか、でした。その頃、私のこういう思いに同調してくれる人たちは沢山いたのですが、実際誰がその場にいて、そういう逃げ出してきた子の相手になり面倒をみるのか、という具体的な話になると、「私がやります」、という人はいませんでした。

なにしろこの私自身が、学校給食のこと他、東京でやらねばならないしがらみが沢山ありすぎました。

さすがに考えるより先に動いてしまうタイプの私も、慎重にならざるを得ませんでした。そんなこんなで、とりあえずは前に書いた「歩く学校」、なんかでお茶をにごすこと位しか出来ない自分が何とも歯がゆく情けなかったのですが、そんなじくじたる思いを抱えていた頃、いきなり私たちは例の「たべもの村」づくりにのめり込んでしまったのでした。気が付けば東京を離れることの出来ない大きな重しをもうひとつ体にくくりつけてしまったのです。

「章子、ごめん、悪いけどいまの私の状態ではとても学校はつくれないみたい。その代わりあなたがそういう学校をつくる人になって……」、と言いました。

章子は黙ったまま返事をしませんでした。私もそれ以上は何も言えなかったのです。

やがて中学に入った章子は、前ほど学校をいやがったりはしませんでしたが、面白くないことに変わりはないようでした。彼女の我が道を行く、といった性格はますますはっきりしていったように思います。

夏休みになると一人でどこへでも出かけていきました。

中学一年の時は、一学期の終わったその日のうちに大きなリュックとシュラフを背負って、晴海ふ頭からフェリーに乗り、北海道への一か月の旅に出たのです。私には倶知安（くっちゃん）という街がどのあたりにあるのかは全くわからないのですが、そこは俊さんの実家のお寺のあるところで、彼女はまずその町を目指して行きました。そこにしばらく滞在した後、次は岩見沢、小樽、十勝など、自分で作ったペンフレンドや私の知り合いの農家などを次々訪ねてすっかり自信をつけて帰ってきました。

中学二年の時は、北海道とは真反対の沖縄へ旅立ちました。今度も飛行機は使わず船旅です。まず沖縄本島にたどり着き、そこから石垣島へ渡り、石垣島の白保部落を足場にして竹富島や西表島にも足を延ばし、食糧はあの手この手で調達し、出来る限り現金を使わない工夫をしたようです。

特に石垣島の白保には長期滞在していました。そこは先のサンゴの海を空港建設から守るために、私が長く深いかかわりを持っているところですから、その集落の人たちは私の娘たちをとても快く迎えてくれました。

そこには都会に住む私たちの周りからすっかり失われてしまった素晴らしい自然と、その中で育まれた生命あふれる豊かな文化の数々が大きく息づき、人情豊かな人々が溢れんばかりに住んでいました。とにかく私は、この白保のサンゴの海を失いたくない思いに駆られ、夜も昼もなくこの海のために走り回っていました。

そういうところに章子は滞在していましたが、丁度その時、空港建設のための調査一団が白保にやってきたのです。白保のおばあたちは、その調査一団を一歩も海に近づけまいとして、みんなで鎌を振り上げ、行く手を阻んだという事です。その攻防戦を彼女は直に見たわけですから、人々のその必死の思いに触れることが出来たのはとても大きな出来事だったのではないか、と私は思っています。

三年生の時の彼女は、丁度私たち夫婦の旅に同行し、車で北の岩手や山形、そして秋田や青森など、いくつもの県に出かけました。

その旅では、夏でも震え上がる寒さのやませに襲われる山間地の農家を訪ねたり、青森県の陸奥湾や六ケ所村の海を、危険な核開発による破壊から守るために激しく闘う多くの人々の姿にも触れたのでした。多分その頃からだったのかな、はっきり高校にも行こうと心を決めたのは、と思います。

我が家の娘たちの受験はみな都立高校のみに限られていました。私たち夫婦が各々好きなことばかりやっていて経済的余裕がなかったこともありますが、それだけではなく、いまの世の中の風潮に押し流されたくない、という思いが大きくありました。ですから受験校はひとつで、滑り止めなんてものはありませんでした。

そして娘たちが選んだのは、他の子たちだったら滑り止めにするかもしれない、農業高校でした。でも私はその農業高校というユニークさがとても素晴らしいと思いました。

章子に話を戻せば、小学校さえ行きたくなかった彼女が、晴れて自分で選んだ農業高校へ入学する日を迎えるまでのその日々が、ひとつの歴史そのものだと思うのです。

我が家の三番目の娘、志乃は何かほんとうに楽しい娘です。

いま高校三年生ですが、昨年秋、そろそろ進路を、ということになった時、ハタ、と迷ったようでした。

私の家では、学校は高校まで、ということにしてあります。それ以上に行きたい人は、自分で働きながら行くか、何年か働いてお金を貯めてからその時まだ行きたい思いがあったら行けばいい、ということにしてありました。

高校受験の時彼女は私に

「ねえ、ひょっとして私も農業高校にいかなければダメ？」と言い出しました。

「そんなことないでしょう。直子も冬子も自分で決めたのよ。私たちが勧めたわけではないけど……。でも普通高校に行ってその後どうするつもり？」

「うーん、その時になってから考える……」

そして今、〝その時〟に差し掛かっているのです。そんなある日、彼女は決心したように「私看護学校に行くことに決めたよ。お金がかからないように都立か国立を受けてみる」、と言い出しました。

え？　志乃が看護婦さん？　でも志乃ならいいかも、とみんなが言います。

「とにかく志乃なら、死にかけた人も治る気になってしまうかも」、というのです。

体格もいいし、いたって健康だし、何より物事にこだわらないし、もし明るさとか屈託のなさで成績をつけてくれれば、たぶんオール五になるに違いありません。もしそのような、例えば優しさ、とか他の生き物が好き、とか小さい子たちの面倒をよくみる、とかそういった評価の採点があったら他の子どもたちだってそれぞれの個性と得意分野でたくさんの五がもらえそうなのに、それがないのはほんとうに残念でなりません。

その彼女は先にも書きましたように、三番目の娘です。私が人に紹介するとき、いつもいうので彼女も誰か人に会うと聞かれもしないうちに、「私、三番目」、と言って自分を紹介するのでした。

二番目、三番目というのは長女や末っ子に比べてつい忘れられがちなところがあります。複数のお子さんをお持ちの方ならよくお解りと思いますが、私自身が二番目の娘でしたからそのへんは身をもって体験済みで、極力気を付けているつもりですがその志乃の存在を時々忘れてしまいそうになるのでした。何しろ志乃は静かな赤ん坊でした。いったん眠ってしまうと、昼間でも六、七時間は平気で寝てしまうのです。

彼女が生まれた頃、私は近くの毛糸の帽子屋さんの仕事を請け負って常時二十人前後の編みこさんを抱え、問屋に納めるための大量の帽子を編んでもらっていました。何十とか何百なんてものではなく、何千単位の量でしたから、ほんとうにてんやわんやの毎日でした。そのうえ、あちこちに教えに行ったりしていましたので、忙しさの上塗りです。生まれて間もない彼女を、そんなこんなで出入りする大勢の人たちに踏んづけられては大変と思い、押し入れの上の段をベッド代わりにして寝かせているうちに、つい忘れてしまうこともありました。何しろ彼女は目が覚めても、目さえ合わさなければ、ニコニコしながら天井をながめていて手間のかからないひとでした。

でも四歳になったころ、近くにできた保育園に通うようになった時、さすがの彼女も私から離れるのをいやがり、いつまでも泣いていたのを思い出します。

あれは何歳の頃だったでしょうか。まだ小学校低学年の頃でしたが、冬子の無二の親友だったカトコと一緒に、武蔵境駅の階段下で、何やら書いたものを首から下げて街頭募金（?）を始めたことがありました。野良犬や野良猫が可哀想だから、お金を集めてどこか広い場所を確保し、そこにみんな集めて飼ってやりたい、そんな夢を実現しようとしたらしいのです。その広い場所、とはなんとオーストラリアだそうで、いったいどこからそんな国を思いついたのか、と思います。

たぶん「赤い羽根」や「恵まれない子に愛の手を」、などといった募金活動をまねたようでしたが、残念ながら私はその現場を見ていないのです。でもそれを見た人の話ですと、八百屋さんからもらってきたらしいキュウリの空き箱を首からぶら下げていたらしいのです。そんな二人の姿はどんなだったかな？　と想像するだけでおかしくなりますが、

「それでどうだったの？　少しは集まった？」と聞いてみますと、「全然……」、とつまらなそうです。少しは寄ってきてくれた人がいるそうですけれど、つい恥ずかしくなって後ろを向いてしまいもらいそこなった、というのです。そんなわけで、駅前での募金集めは失敗でしたが、その代わり家の中に大きなインスタントコーヒーの空き瓶が置かれ、それに巻き付けられた紙には「のら猫、のら犬をオーストラリアに！」と書いてありました。

その彼女が四年生か五年生のころ「私の名前はどうして志乃なの？」、と尋ねてきたことがありました。

「ほら、おばあさんになった時おしのばあさん、なんていうの、とってもいいでしょ？」、と私は答えたのです。最近、小さいうちはいいけれど、大人になり、歳をとったらどうするのかしら、と思うような名前が大流行りなのが私はとても気になって仕方がなかったのです。

「私は名前って、年とってからの方が大切な気がしたのね。だからそう思って考えてつけたの。〝しの〟っていい感じでしょう?」と私はいいました。上の二人はお父さんが好きな名前をつけたけれど、どういうわけか、志乃は私がつけたのでした。

二番目の娘は冬子。彼女は今二十一歳。まさに娘盛りです。今この人がいなくなったら一番困るのは私です。冬子は私の大切なアシスタントで、外にばかり出歩いている私に代わって我が家の主婦といっても良い立場にいます。

毎朝お弁当と食事の支度にはじまり、私と一緒に給食食材搬入で学校まで行ってくれます。そしてお勝手の後始末や洗濯、掃除と午前中いっぱい仕事が続きます。その合間にかかってくるいろんなデンワにでたり、簡単な発注もやったりと、彼女はほんとうに忙しく働いてくれています。

去年の冬のある朝のことでした。荷物でいっぱいの車にもぐりこみ、給食食材の荷下ろしをしている時、ギクッと不気味な感触が体を走り抜けていきました。やってしまったかな?　と思う間もなく、我慢できない痛さに襲われてしまいました。ぎっくり腰です。なんとか海老原さんに気付かれないように残りの作業を済ませて、急いで家に戻るなり寝込んでしまいました。

次の日から私の大きな車を冬子が運転して、びっくりして駆けつけてくれた篠崎さんと二人で私の代わりをしてくれました。

「私知らなかったよ。お母さんが毎日あんな重い荷物を動かしていただなんて。私これからずっと手伝うからね」、とほんとうにうれしいことを言ってくれました。

それ以来彼女は、いつも私の隣に乗って学校通いです。

早いものであれからもう一年半も経ってしまいました。この頃は荷下ろしの手順や、物の所在もすっかりのみこんでいます。万が一私がいなくても充分こなせるほどになりました。私にとってはほんとうに頼もしい限りの助っ人です。

小学校に上がる前の冬子はほんとうに素敵な子どもでした。子どもはだれでもそうなのでしょうけれど、特に彼女は犬猫に始まり、鳥でも虫でもとにかく生き物が大好きです。まだ赤ん坊でハイハイしていた頃など、遊びに行った公園などで寄ってきた犬に舐められたら自分も舐め返したりしていました。

少し大きくなったころなど、他の子だったらいやがるようなゴロンとした青虫だって全然平気で何匹も捕まえてきては、「ほら、かわいいでしょう?」、と頬ずりせんばかりにして私に見せるのでした。

そんな彼女を見ているとき、いつも私は昔物語の中に出てくる「虫愛ずる姫君」、の話を思い出してしまうのでした。それだけではありません。彼女は隣近所の小さな子どもたちのことも大好きで、その子たちがいつも彼女の後をゾロゾロついてくるのです。なんだかとっても不思議な感じのする子でした。ところが境南小学校に通うようになってから、日を追うごとに彼女の耐えがたい苦難の日々が始まってしまいました。

冬子は、学校のテンポにはなかなかついていけなかったのです。冬子は冬子なりの速さの中で、一つひとつを理解していくのでしたが、授業の速さはそれを待ってはくれませんでした。あの頃のこと、私はあまり書きたくも思い出したくもありません。

私たち夫婦は、学校の成績の善し悪しなんて全く気にしませんし、ましてや悪いとか恥ずかしいことだなんてこれっぽっちも思わないのですが、学校というところはそれを認めないし、いじめの世界がとめどなく広がっていきます。

やっと小学校を乗り越えたと思っても、次の中学校ではさらにエスカレートしていき、彼女が三年生の頃はほんとうに親である私が泣きたいほど、最悪な状態だったのです。数か月前、中野区の中学生が岩手の方のある駅ビルから飛び降り自殺をした、とのニュースがありました。だんだん調べていくうちに、子どもだけではなく、担任の先生までもが一緒になってこともあろうにその子のお葬式ごっこをしていたことが解ったそうです。テレビでこのニュースを見ていた時、思わずあの頃の担任の顔が重なってしまいました。

冬子もこのニュースを一緒に見ていましたが、

「私、この子の気持ちがとてもよくわかるよ。私ってよく自殺しなかったなーって思うもの。いじめる子はもちろんいやだったけど、無視されることはもっといやだった。私、人間ってね、人から無視されることがいちばんいやなことではないかと思うの……」、と言ったのです。

〝人〟という字は、人と人とが寄り添い助け合って生きるから、といいますが、クラスの中で無視されたことは、彼女にとってどんなに辛かったことか、とつくづく思います。ほんとうによくぞ死なずにいてくれた、と思うのです。

章子が私のもうひとつの学校づくりにしつこく期待した以上に、本当はこの冬子の方にこそ、その学校づくりは必要なことだったのだと、今は思います。

学校に行きたがらない冬子を、なんとかなだめすかしては送り出し、私はそっと何度も何度も後をつけていきました。入りたくない教室の前でしばらく佇んでいる彼女の姿がなんともいじらしく、私の方が辛かったのです。

教室の引き戸に手をかけ、開けて入っていくことがどんなに辛く勇気のいることであったのか、あの頃のことをこうして書いていると、私自身がはっきりと思い出し、辛くて涙をこらえることはできません。いま思えば、なんでそこまでして行かせたのか、やめさせてしまえばよかったのでは、と思いますが、その頃の私は、なんとか彼女に乗り越えて欲しかったのです。

そんな状況に負けて学校に行くのをやめてしまえば、そうしたみんなの思うつぼではないか。ある日彼女の姿が教室から消えても、彼らにとっては痛くもかゆくもないのだから……。しかし思えば、この私自身がとても残酷な母親だったのかもしれません。書きながら、つくづくそう思わずにはいられません。

学校なんかなければ、彼女は文字通りたくさんの生き物たちを愛しむことの出来る、優しい「虫愛ずる姫君」、乙女になったに違いありません。心からそう思います。

高校は農業高校の定時制に五年かけて通いました。

私の家では、一年生の時はともかく、二年生以降は月謝や食事以外のものは、すべて自分で賄う、というやり方でした。彼女は昼間アルバイトをして夜学校に行き、帰ってくるのは十時、十一時になるのが常でした。ところが帰ってきた、と思う間もなくまた姿が見えなくなることが時々ありました。いったい何のつもりか、と待ち構えていますと、帰る途中、車にひかれた猫がいたのでスコップを持って行って埋めてきた、とか獣医さんを探し歩いていたとか、そこで手術を受けさせてありったけのお金を払ってきた、とか叱るに叱れないことがほとんどでした。

こうして、とにもかくにも彼女は五年の月日を通いきったその日、冬子はもちろんですが、それを見てきた私たちもほんとうに心からほっとしたのです。そして人生はこれからが本番、今度は成績表なんかないけれど、人としてどう生きていくのか、その真価が問われるのはこれから先の長い長い人生の方ですから。彼女の通ったこの大変な日々の経験が、この先よく生かされていきますようにと願わずにはいられません。

何はともあれ、今は私にとってほんとうに大切なアシスタントの冬子ですが、いまはもう、いつ結婚してもおかしくない年頃になりました。

小さいころから鍛えた料理の腕は抜群です。ほんとうによく頑張ったと思います。これからの人生だって理不尽な目にたくさんあうかも知れません。でも私のまわりには素晴らしい人間性を持った友人知人がたくさんいます。そういう人たちに影響を受けながら、人間にとってほんとうに大切なものが何であるかを、冬子は冬子の感性で学び取っていくことと思います。

長女直子は二十二歳。もう立派な社会人で、いつ結婚してもおかしくない年頃ですが、なかなかまだ自分のおさまる穴を見つけられずにいるようです。

しばらく前まで雑誌「自然食通信」の仕事をしていましたが、仕事が不規則で少し体調を崩し辞めてしまいました。今は大手町にある、あるタウン誌の本社で編集の仕事をしていますが、まだまだ落ち着いたとは言えません。

彼女は娘たちの中で一番初めに農業高校に入り、園芸課を出たのですから、何かその特性を活かせばいいのに、と思ってもなかなかそうはいきません。小さいころから直子はとても行動的で面白かったのに、なんでいまここで足踏みしているのかな、と思うのです。

私自身もそうでしたが、直子も小さいころから何かにつけてマイペースな子でしたが、幼稚園に入り集団行動を強いられるようになってからは、そのマイペースは「困った子」、と見られるようになってしまいました。園生活が始まって間もなく、担任の若い先生がとても困った顔で言い出しました。

「あの……、直子さんですけれど、お弁当がなかなか早く食べられないんです。いつも一番最後になるんです。絵本なんか見始めると他のことは何もしないし、外で園長先生のお話を聞いていても、チョウチョウが飛んできたりすると一緒にどこかに行ってしまうんです……。どうしましょう」、というわけです。

そんなこと言われても、私の方こそどうしたらいいのか、と思うのです。直子にチョウチョウと一緒に行かないで、というのは、チョウチョウに飛んでこないで、というのと同じくらいに難しいことに思えるのです。

そんな様子は小学校に上がってもあまり変わりませんでした。休み時間に本でも読み始めると授業が始まっても気づかずにいる、というのです。

それは父母参観のような時でも同じなのです。三、四年になった頃からは、反戦平和を訴えるような作文を沢山書くようになって先生をてこずらせ、「少しませすぎています」と私が叱られる羽目になりました。そしてある時、「私の手には負えませんので、校長先生にお願いしました。一度ご挨拶に行ってください」と言われてしまったのです。

そしてしばらくの間は、校長先生にお預けの身となってしまいました。

でも直子自身はそれがとても嬉しいらしくて、校長室に飾るんだ、とかいながらそこらで積んだ草花なんかをもって楽しそうに登校していました。私には何がどう困るのかさっぱり解りませんでした。

六年生のある時、父母会に行ってみると教室の壁に「星とり表」なるものが貼ってありました。

「直子さんと○○さんは星が二つしかないんです」、と先生が私に言いました。何の星かと聞きますと、算数や国語のドリルを一ページやると星一つがもらえるそうなのです。そのことを直子に聞くと、

「お母さん、そんなに星が欲しけりゃ、明日全部もらってあげるよ」、と言います。彼女が出してきたドリルを見ると、ほとんど全部やってありました。

「あんな星なんかでやらせようなんて、先生子供を甘く見すぎてるよ」、というのです。全部やってあるけど星なんかいらない、というのが彼女の言い分です。確かに扱いにくい子かもしれませんでした。

「私、農業高校にいくことにしたよ。先生って失礼しちゃうよ。大根作り覚えてどうするんだ？　だって。あきれるよ、まったく……」と言い出したのは中学三年生の秋頃でした。それまでは私が農家と関わったりしながらいろいろやっていることを、どこか批判的に見たり書いたりしていた彼女が、自分から農業高校に行く、と言い出すなんて思ってもみませんでした。いったいどういう風の吹き回しなのか、どこまで本気なのか計りかねました。でも一旦言い出してからはぶれる様子もなく、いきなり今度は「ワールドフレンドリークラブ」などというものを始めてしまいました。

そしてみるまに、国内はもとより世界中のいろんな国から毎日毎日たくさんの手紙が舞い込んでくるようになり、それを毎日配達してくる郵便屋さんに、「いったい何が始まったんです

か？」と尋ねられてしまいました。

そのうちワーナーや東芝などのレコード会社からたびたび電話がかかってくるようになりました。今度はどこかのロックバンドのファンクラブも始めたそうです。そうした中での高校受験があり慌ただしく中学校生活は終わりました。

府中にある農業高校は、その当時で創立七十一周年というとても古い伝統のある学校でした。敷地はとても広く、学校内外に田んぼや畑だけではなく果樹園から畜舎、さまざまな加工食品などの施設もあるとても充実した学校で、私も行ってみたいようなところでした。

私は時間があると、いま頃何やっているんだろう？　と時々覗きに行きましたが、時々見つかってしまい、地下足袋姿の彼女たちが畑の中から、「おかあさぁん！」と大合唱を送ってくるのでした。

この学校では先生方の平和教育が盛んにおこなわれていました。その関係のスライド上映や授業の中での取り組みなどは、私の方が嬉しくなってしまうものが沢山ありました。二年三年を受け持ってくださった女の先生は、わざわざこの学校を選んでこられた、という方でした。そして直子は卒業後に、この先生のご縁でオランダに行くことになりました。ビザの関係があり、時々日本に帰ってきたり、他の国に出たり入ったりしながら約三年を暮らして日本に戻ってきました。

直子は幼いころから、いったい何をやらかすかわからない人でしたが、いまもまだ、本当にやりたいことが何なのか、なかなか見つけることが出来ずにいるようです。

「私は何かをいつも待ってるの。でも待ってるものがなかなか現れてこない。これだ！　というものになかなか巡り合わないのよね」、というのですが……。

〝待っているもの〟、に早く巡り合ってほしいと心から願わずにはいられません。

第8章

東北二二〇〇キロの旅

ほんとうに私は良い家族に恵まれたなあ、とこの頃つくづく思うのです。朝から晩までここと思えばまたあちら、といったまるで糸の切れた凧のような動きをしている私ですから、家族のみんなはいろいろ苦労しているに違いありません。なんだか仲間と話しているかと思えば、とんでもない店づくりを始めたり、ちょっと遠出をしたかと思うと、空港建設からサンゴの海を守ろうなんて運動を始めてしまったり、家族から見たらきっと何をしでかすかわからない親そのものの私です。

ある日のこと、久しぶりにお父さんの運転する車でおなじみの竹沢まで出かけていきました。自分ではなく人の運転する車に乗っているのって、ほんとうに気楽で良いものです。そんなこと思いながら、ひょいと隣のお父さんに声を掛けました。

「ねえお父さん、せっかく生まれてきたんだからさ」

そう言いかけた途端、「おい、何を言い出すつもり？　驚かさないでくれよな」、と目をむいてしまいました。

以前、「せっかく生まれてきたんだからさ、何かほんとうに生きてる！　って思えるような生き方をしてみたい」と言ったらまったく呆れたとばかり、

「これ以上何をやれば生きてる、って思うの？　いい加減にしてくれよな」、と言われてしまったことがありました。でもこの時言いたかったのは、せっかく生まれてきたのだから、生きている間に出来るだけ沢山日本中を歩き回ってみたい、ということでした。

というわけで、私たち夫婦と末娘の章子の三人は、おとうさんの会社の夏休みを利用して一週間ほど、東北への旅に出かけていきました。

もちろん電車は使わず、いつものデコボコタウンエース、つまり私の愛車で出発したのです。車には布団や少しばかりの炊事道具と食材も積み込みました。無銭旅行とまではいきませんが、出来るだけ宿には泊まらず野宿が出来るように、と考えてのことでした。

出発は七月二十八日午前四時半。こんなに早い時間の道路はまるで夢のように空き空きで、埼玉県の志木インターから東北自動車道に乗りました。まず向かった先は山形県の長井市です。そこには石垣島白保のサンゴの海を埋め立て造られようとしている、新石垣空港問題を通して知り合った梅津純子さんというまだ一度も逢ったことのない知人が住んでいました。

この人が下さるお手紙はとても達筆で、いつも胸に深く秘めた沖縄への思いを切々と書き送ってくださっていました。

私たちが活動資金調達のために取り扱っていた、白保のアオサや絵ハガキなども大量に引き受けてくださる方で、ぜひ一度お逢いしたいと思っていたのです。

途中ちょっと迷ってしまいましたが、なんとか無事午前十時過ぎにその長井市に到着できました。東北はさぞかし涼しかろう、と思っていましたがなんのなんの、この猛暑の夏は東京とちっとも変わりませんでした。

ここはとても雪が深く、冬場の猛吹雪は有名なところとのこと。外からやってきて、うっかり油断してしまうと帰れなくなってしまうことがよくあるんですよ、とのことでしたが、そんな話まったく信じることの出来ない暑さに寝不足に長距離運転の私たちは少々まいってしまいました。

この辺りを走っている国鉄・国見線は近々廃線になってしまうとのこと。冬場車の使いにくいこの地に住む人たち、ことに電車通学の高校生にとっては大きな痛手とのことでした。駅に行きさえすれば数分おきに電車がやってくる、そんな暮らしの私たちには想像しにくいこの地方に住む人たちの厳しさをしりました。

初めてお会いした梅津さんは、私より一世代若い方でした。私たちは全くの初対面でしたので、初めは少々かしこまってしまいましたが、普段聞きなれない東北訛りの言葉がとても心地よくすぐに打ちとけていきました。

梅津さんは街を少し案内してくださいましたが、車の往来は信じがたいほど少なく、高い建物もありません。この街はこの暑さの中でひっそりと眠ってしまっているようでした。たぶん私たちの住む東京は異常に忙しく騒がしすぎる街なのだな、と思います。

こんなに眠ったように静かな地方都市に住み、反戦平和を訴えたり、はるか南の島のサンゴの海を守りましょう、と人々に訴えたりの活動をすることはどんなに大変なことかと思います。ほんとうにとても粘り強い精神と感性とがなければ、維持することは出来ない事だと改めて思わずにはいられませんでした。

その日の午後、私たちは梅津さんの案内で長井市の隣町、白鷹町に住み小さな養鶏場をやっている桜井絹子さん一家を訪ねました。

中学三年生の女の子を頭に、三人のお子さんを持つ桜井さん夫妻はまだとても若く、今から九年ほど前に東京での生活を捨て、この地に移り住んできたとのことでした。

三百羽の鶏を中心に、自家用の田んぼが一反五畝と少しの畑があり、それを日々耕す生活だそうです。卵は近くの消費者の方々に買ってもらっているそうですが、それだけでは生活が成り立たないため、彼の方は昼間働きに出ているとのことです。したがって冬場の鶏舎や家屋の雪下ろし、夏場の田畑の草取り作業など、いろいろな作業が否応なしに奥さんの仕事になってしまっているとのことでした。

「そんなこんなで、あっという間に一日が終わってしまって、夜は疲れてころっと寝てしまうの。だからもう一歩外に向かって足を踏み出したい、と思ってもなかなかそれが出来なくて……」とのことでした。

思わず「大変ですね」、と言ってしまいましたが、「そう、もうほんとに大変なのよ。アハハハ」、とほんとに、言うところにうんと力を入れて笑い飛ばすこの人の明るさと力強さに圧倒されてしまいました。

この家も我が家と同じで扇風機もクーラーもなく、パタパタと忙しくうちわを使って涼をとっています。そのそばで、汗と埃にまみれた男の子たちが盛大に取っ組み合いのケンカをしていました。なんだか数が合わないと思ったら、よその子も混ざって数が増えているとのこと。その賑やかなこと、まるで一昔前の我が家のようだな、と思いました。

軒下には、ドクダミやゲンノショウコ、ウツボグサなどの野草が沢山吊り下げられています。そのほかにも大根、人参、インゲンやナス他、さまざまな野菜もたくさん干されています。こうして夏場のうちになんでも干しておいて冬の保存食を作っておくそうです。他にも近所の人たちと一緒にいろんな漬物も作り、その共同作業が地域のコミュニティ作りに役立っているそうでした。そしてこの地域の人たちの中にうまく溶け込んでいくまでには、やはり相当な苦労があったそうですが、この人はなんでもカンラカラと笑い飛ばしてしまう明るさと逞しさ、そして心のゆとりがあり、そして都会っ子だってやればできるんだ！　の見本のような人だと思いました。

七月二十九日、この日私たちは山形県高畠町にお住いの星寛治さんを訪ねました。高畠町は米沢から車でさらに三、四十分ほどかかる奥まったところです。この辺りは、そこに住む人たちが「まほろばの里　高畠」、と誇り高く呼んでいるほど豊穣な純農村地帯です。見渡す限り青田が広がり、そのところどころにリンゴや梨、プラムや桃、サクランボなどの果樹園の姿が見えます。山肌にはぶどう畑の段々畑が耕して天に至る、の様相です。五、六年前私は、夏の暑い盛りにこの高畠町で開かれた「有機農業講座」に参加したことがありました。

その夏はとても寒く、私たちが滞在した八月初めの三日間、昼間でさえ持参していたセーターを手放すことが出来ませんでした。そしてその寒さはとうとう秋まで続いてしまい、北海道や東北地方の高冷地では稲穂が稔らず、減収どころか収穫皆無の農家が続出してしまいました。

世間がそのような状態だったにもかかわらず、この高畠町で有機農業を取り入れていた農家は、ほとんど例年と変わらない収量をあげることが出来たとのことでした。それもそのはず、この高畠町には優れた人材と充実した内容を持っている「有機農業研究会」があり、その中心的人物が今回私たちが訪ねた星寛治さんでした。

星さんの家では田んぼの他に、リンゴやブドウ、プラムなどの果樹園があります。そのほかにおばあちゃんのやっている野菜畑、それから六頭の牛、十数羽のニワトリも飼っています。この高畠町ではこのように田んぼに畑、果樹栽培、畜産などといったように、出来るだけ偏りのない総合的な農業を営むことを目指しているそうです。ですから、自分の家の田畑の肥料は、自分のところの物で賄うことが出来るというわけです。でもその分、仕事の種類は多岐にわたってしまい、その仕事量も必然的に多くならざるを得ないとのことでした。

私たちがお尋ねした時、星さんはプラムの収穫中でしたが、その前日までは広い広い面積の田んぼの草取り作業をされていたとのことです。ところがその前の一か月間はなんと数万枚ものリンゴの袋掛け作業だったそうです。

その星さん宅にはその年の四月から、私の若い知り合いの近藤晃さんが農業実習生として住み込んでいました。私がその彼と知り合ったのは何時だったかはっきりしませんが、その頃まだ早稲田大学の学生さんだった彼が、毎週土曜日にやっていた私たち〝かかしの会〟の野菜分けを見にやってきたのがきっかけでした。それ以来彼は、私と一緒によく小川町に行き熱心に畑仕事を手伝ってくれる珍しい若者でした。

その彼がある日、

「星寛治さんの書かれた本を読んだのですが、出来たらもっと深くその思想や人柄にふれてみたいのです。もしお知り合いでしたら紹介していただけませんか?」と言い出したのでした。それで早速星さんにお願いのデンワをしてみました。その時星さんは、

「私はダメなところが沢山あるただの人間です。私や私のやっている農業をあまり理想化してきたらがっかりするかもしれません。それに北国の農家の仕事は口では言い表せないほど大変なことが多いのです。都会の若者ではすぐに音を上げ逃げ出したくなると思いますよ」、と言われました。

でもこの間ずっと様子を見てきた私には、彼は決して逃げ出したりはしません、とはっきり言うだけの自信があり、少し強引にお願いして引き受けていただきました。

ですから私としては保護者というか保証人のような立場でしたから、現場での彼がどうなのかを是非見届けたいと思ったのです。

私たちが行った時見た田んぼの苗は、かなり丈も高く伸び、そろそろ穂を出し始めていました。前の日まで田の草取りだったとしたら、葉っぱの先が手や顔に当たりさぞかし大変だったのでは……、と思いましたが、彼は

「いいえ、リンゴの袋掛けのほうがずっと大変でしたよ。とにかくずっと上を向きっぱなしなんですから……」と言いながら、草が腰丈ほどにも伸びきってしまっているそのリンゴ畑を案内してくれました。この後は、この伸びきった下草刈の作業にかかるということでした。

夕方になると彼は、飼われている六頭の牛の世話を始めました。朝食前に刈りとってきたというあぜ草の大きな束が、いくつも牛舎横に置かれていました。私は黙って彼の仕事ぶりを見ていました。

牛たちは彼の姿を見るや、餌をもらえるとばかり右往左往興奮し始めました。その牛たちに少しずつ草を与えておとなしくさせておき、傍らで沸かしておいたお湯に浸したタオルで、パンパンに張り切った巨大な乳房や乳首を丁寧に拭き、その乳首に搾乳機をスポスポはめていきます。乳しぼりはその機械にまかせて、次は敷き藁の取り換えです。昨夕から丸一日分の糞尿ですっかり重くなってしまっているものを丁寧にかき出し、牛舎横に積み上げます。

牛たちの食べ残しの草やたっぷりの稲わらの混ざったそれは、よく他の牛舎で見るベトベトのものではありません。ほんとうにすぐに良い肥料になりそうなものでした。その作業が済むと、彼は代わりに入れる敷き藁作りを始めました。沢山のワラ束を大きな馬草切りでザック

ザックと切り刻んでいきます。その音は子どもの頃よく聞いた音で懐かしさが膨らんでいきます。その切り藁を沢山敷き込み、たっぷりの緑飼を与えられた牛たちは、なんだかとっても幸せそうでした。そういう作業をしながら彼はずっと牛たちに声をかけていたのです。

この家に来てからまだわずか四か月です。ちょっと見ない間に彼はとても逞しい農夫に変身していました。この先のことはまだまだ解りませんが、星さんの心配は杞憂に終わるのでは、と思いました。

私たちは、その後星さんから近藤君を借り受け、彼の案内で高畠見学をしてみました。そして気付いたのは、寺社が異常なほど沢山あることでした。「犬の宮」「猫の宮」なんていうのもありました。冬の厳しい北国のことです。一旦異常気象に見舞われれば、生死にかかわる大事になってしまいます。そんな時人々が神に祈り、仏にすがった名残でしょうか。もちろんそれだけではなく、自然の恵み、生きることの喜びを感謝を込めてささげた証に違いありません。右を向いても左を向いても至る所に見え隠れする寺社の姿に、北国に生きる人々の心のあり様を垣間見る思いが致しました。

三十日の朝、泊めていただいた星さん宅を後にして、さらに北を目指して旅立ちました。次の行き先は、岩手県一戸町にある面岸《おもぎし》農場です。そこには「東北のおなごたち」「永遠の農婦たち」、そしてつい最近発行されました「嵐の地層から」など、北国に生きる女性たちの血の声を綴り続けている農民作家、一条ふみえさんがいらっしゃいます。何しろ米沢から先の東北へは、その昔新婚旅行とやらで宮沢賢治や石川啄木ゆかりの地を訪ね歩いて以来のことでした。盛岡まで再び東北自動車道で移動し、そこで「自然食通信社」の横山さんと落ち合い、その横山さんに案内していただきながら東北本線沿いに約一時間北上の後、小鳥谷《こずや》というもの淋しい小さな町で左折し山の奥へと入っていきました。

少し行くとすぐに舗装は無くなり、地球の地肌まるだしのデコボコの山道ばかり。道幅もぐんと狭くなり、両脇からさまざまな山の草たちが、大きく開いた窓から頭を出しているお父さんの顔をたたき、ピシャピシャとあいさつしてきます。

そのうちに、ところどころにパラリとあった人家もなくなってしまい、いったいどこまで行けば目的の農場があるのか不安になってきた頃、いきなり素晴らしく美しい白樺の林に出逢いました。その頃から思わず重ね着したくなる山の冷気がヒタヒタ漂い始め、そのうち霧まで出始めてしまい、道に迷った末到着予定時刻をはるかに越してやっと目的地に着きました。

それにしてもやっと到着した農場での出迎えは、車めがけて突進してくる百羽を超すかと思う地鶏たちの賑やかな鳴き声でした。

「遠いとこ、まあまあよくおいでなさったこと」、とトリたちに混ざって現れたのはコロコロニコニコと弾けた豆のようにかわいい農家のかっちゃさま、一条ふみさんその人でした。

「いま、やませが降りてくるって、あの若い人らはみんな草片付けに行っちまったの。まあお入んなさいっす」。

あの梅津さんよりさらに濃厚な東北訛りの言葉は、私にはとても再現できそうにありません。でも先ほどのまわり中何も見えなくなってしまったあの白い闇のような濃い霧、あれが世にいう「やませ」とは知りませんでした。

言われて一条さんが指差す方を見れば、山の傾斜した牧草地の上の方はもうすでにその白い霧に包まれ始めています。その音もなく移動する霧の動きは、大きな得体のしれぬ生き物のように見えました。

やませが一反発生すると突然日差しは消え、あたりの気温はぐんぐん下がり、人々の暮らし、ことに農産物に与える影響ははかりしれないものがあるようです。

私は南国宮崎の地で育ちましたので、子どもの頃宮沢賢治の「雨ニモマケズ」、の詩を読んだとき、その中の「サムサノ夏ハオロオロアルキ」、の部分で「そんな不思議な夏があるのかな」とか、「言葉遊びかしら」くらいにしか思えなかったのです。でも大人になって、東北では時々全く気温の上がらない異常な夏がある、ということを知り自分ではよく納得できたつもりでいましたが、いま目の前で、その「やませ」という怪物が音もなく静かに降りてきて確実に私たちを呑み込もうとしているその現場に立ち、初めて、その「オロオロアルキ」という言葉の意味が実感できたのでした。それだけではなく、つい最近読んだばかりの、ミヒャエル・エンデの『はてしない物語』に出てくる〝虚無〟の広がりの様子を連想してしまいました。

私たちがこの時包まれてしまったやませは、この後しばらく東北地方を去らずに農作物にかなりの被害を与えたとのことでした。

私たちが訪ねたこの開拓農場は、沼田さんというまだ若い農夫の方が、北国の農業の原点を探ろうという思いで前の持ち主から譲り受けたとのことでした。一条ふみさんは、その沼田さんと共に、厳しい大地と人の生きた歴史が深く深く刻み込まれたこの農場を大きく背負っている人でした。南の国でのんびり育ってしまった私には到底踏み込むことの出来ない世界を、一条さんは体の隅から隅までみなぎらせておいでのように思いました。

「このすぐりの掃除をしながら、おしゃべりしましょうね」、と一条さんが引き寄せた平ざるには、まるでビー玉のような筋の入った美しい木の実が山のように盛られていました。すぐりの木には鋭いトゲがあって、そのトゲにさされながら採ったとのことでした。おしゃべりで気を紛らわそうとしても、気温はますます低くなっていきます。たまりかねて私は、つっかい棒で開けてあった大きな窓を閉めてしまいました。その窓ガラスの向こうに見える広い牧草地では、まだ数人の若者たちが忙しそうに働いていました。大きな草刈り機が動き回り、少し経つと、機械の中から大きな草のロール巻きがポイっと放り出されてきます。そうした作業風景が、まるで音のない映画を観ているようでした。やがて、やませにすっぽり包まれたまま、農場は月明かりもない漆黒の闇に包まれていきました。

昼間働いていたのは、地元岩手大学の学生さんたちでした。夏休みを利用して農業実習に来ていたのです。その学生さんたちと、私たちより少し遅れて到着した地元の青年を交えて、今夜は最近見つかったという、宮沢賢治の新しい思想分野について話し合うのだそうです。囲炉裏にはいつのまにか火が焚かれ、コトコト良い匂いと音のする鍋がかかっていました。その中には夕方つぶされたばかりの鶏肉と、採りたて野菜が入っています。大小さまざま、形も色も不揃いのグラスに注がれたお酒には、赤く色鮮やかな木の実が沈められていました。囲炉裏を囲んだ若者たちは、その美しいグラスの酒を口に運びながら、さっそく賢治や啄木について賑やかに議論を始めました。

郷土が生み出したこの二人の偉人たちは、まだ生き生きと息づいている仲間の様でした。何時間かが過ぎ、程よく酔いのまわった若者たちは、昼間の疲れで睡魔に勝てず、いつの間にか全員囲炉裏の端で眠りこけていきました。

農場の夜は静かに静かに更けていき、私たちもまた心地よく眠りにつきましたが、なんだか寒すぎる、と目が覚めてみれば、いつのまにか外は雨の気配です。

東京を出てからまだわずかしか経っていないなんて、とても信じられない密度の濃い三日目の夜でした。朝になれば私たちはまた旅立っていくのです。その先の旅で何を見、どんな人たちに逢うことになるのか、そんなことを思いながら眠りの続きに入ったのでした。

霧の面岸農場に別れを告げ、下界に下りたのはもうお昼に近い頃でした。下に降りれば当然もとの暑さが戻ってくる、と思っていましたがそうはいきませんでした。下界もやっぱり涼しすぎる気温のままで、少しばかり不安な思いでさらに北上し、秋田県十和田市に入りました。ここでは学校給食にリンゴを頂いている農家、中野渡《なかのわたり》広美さんを訪ねることにしていました。

中野渡さんからリンゴを頂くようになったのは、忘れてしまうほどずいぶん前からのことです。冬場の農閑期になると時々上京されて、境南小学校を訪ねて下さったり、たべもの村に来られたりして度々お会いしてはいますが、私が農園を訪ねるのは初めてでした。街中を走っているときはそうでもなかったのですが、十和田湖近くにあるリンゴ園は、やっぱりすっぽりとやませに包まれていて、冷たい霧雨さえ降っていました。

農園に入ると右手に鶏舎と広いグラウンドがあり、約三百羽の赤い地鶏たちが自由自在に駆け回っていました。この鶏たちは産卵目的ではなく、鶏糞をとるために飼われているとのことで、その片隅には中野渡さんいうところの〝貧乏追放タンク〟、というものが置かれていました。それは市街地から集めてきた残飯を加熱し、発酵させた飼料を作る装置とのことでした。

高い金網で仕切られたその向こうがリンゴ畑で、広さは約三町歩あり、数種類のリンゴがきれいに並んで植えられていました。

中野渡さんはリンゴに袋掛けしていません。それはただただ人手がないからとのことで、半分ほどは虫のごちそうになってしまうそうですが、捨てるわけではなく、ジュースに加工するとのことでした。

「どちらが収入としてはいいのですか？」と尋ねますと、「もちろん生食、つまりリンゴそのもので出した方がいいんです」、とのことでした。

いま生協やスーパー等で「太陽の恵みがいっぱい！」、との宣伝付きで売り出されている無袋リンゴは、袋をかけない分農薬をかける回数が五、六回多いそうです。それはまるで白雪姫が魔法使いのお妃さまに食べさせられてしまった、あの毒リンゴに近いもののように思います。これは実際リンゴを作っている農家の人自身が「あんなリンゴは食えないよ」、と言っているとのことで、決して脅しではありません。

ところで中野渡さんの農薬散布状況を説明しますと、植物性のものを中心に四回から五回です。一般の農家さんに比べると三分の一から四分の一の量です。それは高畠の星さんの場合も同じで、毎年残留農薬テストをしてもらっているそうですが、毎回丸かじりＯＫ、の結果が出ているとのことでした。

ヨーロッパ各地の店頭には、ごく普通に虫食いや不揃いの果物が並んでいるそうですが、日本のお店では、まるで造り物かと思うようなピカピカ見事な野菜や果物が並んでいます。食べる私たちはもちろんですが、生産する農家さんたちの健康と生命のためにも、少し、いえ大いに考えないといけないのでは、と思います。

ちなみに、多くの農家では出荷用と自家用は完全に分けて作っている、という話をよく聞きます。つまり自衛のためですが、それでも農家の方々の農薬による健康被害はなかなか無くならないそうです。

この年の冬、中野渡さんの生食用リンゴは極端に少なかったのですが、たぶんこの時のやませの影響が大きかったのかな、と思います。

とにかく私たちの車の旅は、その後も晴れる気配はなく、なつかしの十和田湖行はあきらめて、次の目的地下北半島むつ市に向けて走り出しました。


地図でみると、下北半島はまるでキリンの首のように見えます。でも一般的にはマサカリ半島、といわれているようですが、その細長い首の部分を私たちは車で駆け上っていきました。そこに住んでいる人にとってはごく当たり前、なんでもない地形でも、長い間地図の上でしか知らなかった処を走るのはなんだかとても嬉しいものです。道はほとんど直線状にどこまでも延びています。晴れていれば左側に広い陸奥湾が見えたはずですけれど、あいにく霧が深く、おまけに雨脚はだんだんひどくなるばかり。あまり遅くならないうちになんとかむつ市にたどり着きたいと思い、幸い車も信号も少ないのをいいことに、ついつい七十キロ、八十キロのスピードでとばしてしまいました。

〝むつ〟といったとき、人は何を連想するでしょうか。ホタテ貝？　リンゴ？　いえいえ私にとってはここを母港とした原子力船「むつ」、のイメージが何より先にありました。

一九七四年夏、原子力船「むつ」は、その出港に反対する二百隻余りの漁船を振り切って強引に外洋へ出ていきましたが、そのわずか数日後に原子炉からの放射能もれによる事故を起こし、その後数年の間、オペラ「さまよえるオランダ人」ならぬ、帰る港を失ったさまよい船となってしまいました。

むつ市は、下北半島の丁度のど首あたりにありますが、その丁度反対側にある関根浜の集落近くで新しい母港建設が始められています。もちろん地元の漁師さんはじめ心配する多くの人々の反対を押し切っての強行工事です。この半島の鼻先にあたる大間町には、核の「新型転換炉計画（プルサーマル原発）」。うなじにあたる東通村には「東通原子力発電計画」。そのうなじをもう少し下ると六ケ所村があり、そこには日本中の原子力発電所から出てくる核燃料廃棄物から、新しく生まれたプルトニウムと燃え残りのウランを取り出す再処理工場を抱え込んだ「核燃料サイクル基地計画」。そのちょっと下の泊村には「泊地対空射爆場」。天ケ森に「天ケ森射爆場」さらに背中に下ると「三沢米軍基地」、と何やら恐ろし気なものが沢山寄り集まっています。ここはいわば、北の沖縄、といいたくなるようなところです。

私の知り合いの、いつもニコニコ気のいい放出倫さんは、このむつ市にある「関根浜共有地主の会」事務所の主でしたので、前々からぜひお訪ねしたいと思っていました。

八月一日、丁度この日むつ市では「核年サイクル、国際シンポジウム」が開催されていました。私たちもその参加者にまざり、ついでに放出さんの事務所に一晩泊めていただきました。

次の日は、亡くなった人たちの霊と語る、という「いたこ」で有名な恐山を山越えし、問題の関根浜に向かいました。やはりその日も霧は深いままで、せっかくの津軽海峡も灰色の世界で何も見えませんでした。でも、その何も見えないつかみどころのない世界の下に、ひたひたと打ち寄せる浜辺があり、その浜辺に寄りそうようにして関根浜の集落はありました。小さな港につながれた小さな漁船のマストで、海鳥が鳴いていました。

「むつ」新港は、いままさに建設工事真っ最中ですのに、なんとも活気がありません。さまよい船の終焉の地を象徴しているかのようでした。

関根浜を発ち、めったに人家のない山道や静かな海沿いの道を急いで南下しているうちに、たくさんの漁船でにぎわう泊りの集落に辿りつきました。町中に入ってすぐに泊漁連の宣伝カーに行き会いました。

「我らの海を核燃料サイクルから守り、子孫に永遠に残すため今夜のシンポジウムにみんなで参加しようではないか……」、東北訛りの男性が太い声でそう呼び掛けていました。今夜はこの泊村で、例の国際シンポジウムが集落のはずれ、海に突き出した高台のような処にある「漁業センター」で開かれるということでした。それで私たちはこの会場のすぐ近くの民宿に泊まることにしました。

この民宿のご主人は漁師さんでしたから、夕食にはとりたての海の幸がたくさん並び、私たちは大満足でした。でもその美味しい食事もそこそこに、私が「漁業センターに行ってきます」と言い出した時、そのご主人からは「私も行きます」、の言葉はありませんでした。つまりこの漁師さんは核燃誘致に賛成の人だったのです。

人はそれぞれの立場がありますから、一口に賛成といっても、言うに言われぬ複雑な事情があるとは思いますが、白保の空港建設問題でも賛成、反対で同じ集落の中が大きくふたつに割れているという悲しい現実を見続けていますので、ここでも同じことが起きていることがすぐに解りました。

会場には夜になって再び降り始めた雨にもかかわらず、お年寄りやしっかり者の女の人たちの姿が沢山ありました。

パネラーはイギリス、ニュージーランド、西ドイツ、カナダ、パラオなど、ウラン産出国、それを利用している国々、廃棄物を押し付けられてしまっている国など遠い処からはるばるやってきた人々でした。もちろんその人たちの話はすべて日本語に訳さなければなりませんので、非常に手間取る、といいますかたっぷり時間がかかってしまいました。

参加している方々はほとんど身じろぎもせず、しっかり聞き入っていました。何しろ、今まさに自分たちの身に降りかかっている重大問題だったからです。いったん事が起きてからではどうしようもないことが山ほどあるのに、人々はつい目の前のことばかりを見て、他と自分との目には見えない深いつながりのことを忘れてしまいます。でもこうして歩いてみますと、己の生活を犠牲にしながら大切なさまざまなものを守りぬこうとする人たちに沢山出会うことが出来ます。

八月三日、この先今度は帰り道。東京に向けて宿を出ましたが、家にたどり着くまでにはあと数日かかりそうです。走り出してみますと、そこにもここにも核燃基地に反対する大きな野だて看板が目につきます。都心からはるかに遠い、この過疎の村々が抱える耐えがたい苦しみが胸に迫ります。

ほんとうにこうして来て見なければ、その実態はわからないままで終わってしまうのは本当に申し訳ないことだと思います。

この日は朝からお日様が顔を出しました。このところずっと涼しすぎたので、いきなりの暑さがこたえました。

米軍基地がある三沢には、二人の小さなお子さんのいる伊藤和子さんがいらっしゃいます。伊藤さんは、この子たちのためにもこの故郷を核から守りたい、と頑張っている方で、昨晩の会場で再会したのですが、「明日寄りますから」と約束したのに、あまりの暑さにすっぽかしてしまいました。

「ごめんなさい」、と八戸の街中からデンワしましたが、「次の時にはぜひ……」と残念そうでした。でも、その「次……」、は果たしていつのことになるやらと思いながらつい少しでも先に進もう、と思わずアクセルを強く踏んでしまうのでした。

あれはどのあたりを通過したころだったのか、広々とした磯場のある浜を通りました。その沿道には申し訳程度に屋根のかかった、小さな作業小屋が沢山並んでいました。その小さな屋根の下では、それぞれ女の人たちが膝の前に山と積み上げたまだグニュグニュ動いているトゲトゲのウニを、小さな鎌でパカパカ割って中身を取り出していました。ウニの好きな人には思わずよだれの出そうな光景です。

ちょっと車を停めて、「こんにちは」と声をかけてみました。でもその人たちはちらっと顔をあげただけでウンともスンとも無しの知らん顔です。まったく取りつく島もありません。ま、しょうがないか、と磯場に下りてみました。

コンブ漁はまだ解禁になってはいない、とのことでしたが、そこには私が初めて見る豊かな光景がありました。そこで見たのは、黒光りのする大きく長く、分厚い帯状の大量の海藻が、それこそ束になって寄せ返す波にゆさり、ゆさりとゆれていたのです。見ていると、その中から一枚の海藻が流れでてきました。もちろん私はそれを拾いあげました。そしてすぐ近くにいた小父さんに「これ、もしかして昆布ですか?」、と聞いてみました。すると「もしかしねえだって、昆布だよ」、と不愛想な返事が返ってきました。

「拾ってもいいですか?」、と私。

「流れたもんはいいだよ」、と小父さん。

その時の嬉しかったこと、南国育ちの私たちはすっかり感動、というか興奮してしまって、珍しい宝物を拾った思いになってしまいました。でも珍しい宝物、と思ったのは初めのこの一枚だけ。その一枚を大事にしまい込み、しばらく車を走らせた後、人気のない静かな砂浜でお昼にしましたが、おとうさんと章子はちょいとひと泳ぎ、と二人揃って海に入っていきました。ところが入った途端、二人の悲鳴とも歓声ともつかない叫び声がしました。どうしたのか？と思う間もなく、二人は体中に昆布の束を巻き付けて上がってきました。

よくよく見ますと、海の中には流れ昆布がいくらでもあるようです。私たち三人は子供の様にはしゃぎながら、次々と拾い上げては浜に幾筋も幾筋も長々と並べたのでした。

それから先の車の中は、生昆布の匂いがプンプンたち込めてしまい、章子は気持ち悪くなってしまいました。それでもガマンガマンと言い聞かせ東京まで持ち帰り、物干し竿をしなわせながら干し上げました。もちろんあちこちプレゼント。我が家はしばらく昆布を買うことはありませんでした。

三陸と言えば、すぐに学校で習ったリアス式海岸を連想します。翌朝私たちはバイパスを走らず、このジグザグを体験してみようということにしました。それにしても私のいかれポンコツ、この愛車にとってこの日は大きな受難の日だったと思います。地図でみればただジグザグですが、実際走ってみると登り下りの激しい大変急な山道ばかりです。予想以上に時間がかかってしまいました。釜石、陸前高田、気仙沼を通過し、かねて気になっていた原発問題のある女川にも立ち寄りました。石巻、松島、塩釜にたどり着いたらもう夕方になってしまいました。杜の古都、仙台まであと一息、と思う頃にはもうすっかり疲れてしまいました。予定としてはまだまだあちこちに寄るつもりでしたが、もうこのまま一気に東京目指しましょう、ということにしてしまい、仙台南インターから東北自動車道に乗りひたすらアクセルを踏み続けたのです。

何とこの日は一気に千キロ近くもの距離を走りに走ったのでした。

世界の広さから見れば、日本なんてほんとうに小さな小さな島国でしかありません。でも、この小さな島々に何と多くの人々が生活し、多くの想い、出来事がひしめいていることでしょうか。もっともっとじっくりとこの国全体を走り、見ていきたい、とつくづく思います。もちろん日本だけではなく、このままあるい地球全体の国々に沢山沢山出かけていけたらどんなにいいだろう、と心から思います。

ほんとうに、せっかくこうしてこの地球に生まれてきたのですからね。

第
9
章
ふんづけても、ふんづけても雑草

「この子、大人になってからちゃんと生きていけるかしら？」

静かでおとなしく、ちっとも目立たない子供を持ったお母さんの心配する声を、時々きくことがあります。そんな時私は、「全然平気ですよ。何しろ私だってそうだったのですから……」、と自信たっぷりに話します。

まあちゃんと生きているかどうかはわかりませんが、何も心配することはない、と私は思います。人はみな違うのですから、その人その人なりに生きていくものだと思うのです。

私は九州宮崎、霧島連山の麓、飯野（現えびの市）という緑豊かな田舎で育ちました。生まれは東京の下町荒川区でしたが、丁度学校に上がる頃、父の仕事でその飯野に移り住みました。今から四十年以上も前のことです。その頃は、まるで外国に行くような長旅だったと思います。本州から九州にわたるのも、まだ鉄道の関門トンネルはなく、連絡船に乗ったのを憶えています。

東京での父の仕事は、初めハイヤー会社だったそうですが、日本と中国の戦争が始まる前、父は都営バスや都電の仕事を少しだけしたようでした。

それは、一九三七年十二月に始まった日中戦争に従軍し家を留守することになったので、都営の仕事についていればその留守の間家族にお給料が支払われるため、と母に聞いたように思います。

私たちが九州に移ったのは、父の兵役が終わった後でした。戦地で体をこわして帰ってきた父に、宮崎で大きく竹の仕事をやっていた父の伯父が、東京を離れて自分の仕事を手伝うことを勧めたからでした。とりあえず父は初め一人で行き、向こうの様子に慣れた頃私たち家族も移り住んだというわけです。

私の両親は二人とも茨城県の出身です。その茨城、そして住み慣れた東京を離れて、三人の幼子を連れての九州への移住は、母にとってとても大きな決心のいることだったに違いありません。

引っ越した先の家は竹屋でしたから、まず番頭さん、そして事務の女の人、直接山で働く人たちや運転手さんなどと働く人たちが沢山いました。母はなかなか勝気な人ではありましたが、なにしろ言葉も風習もまったく異なるうえに、いきなりそういう人たちを束ねるおかみさんになったのですからしばらくは相当大変だったことと思います。そして私たち子供は子供で、とても大変でした。何しろその頃、東京などという処からそんな地方に引っ越す家族などめったにいませんでしたから、何かというと東京人、東京人と珍しい見世物のような扱いを受けてしまいました。

九州に住むようになってから、下に三人の弟が生まれて私たちは六人姉弟になりました。姉は私より四歳年上でしたが、母はこの姉をとても頼りにしていました。何しろ私は居ても居なくてもわからないようなとても静かで大人しい子供だったのです。

時々母は、襖の陰などで編み物したり、本を読んだりしている私を見つけて、「あら、そんなところにいたの?」と驚くのでした。とにかく私は人とおしゃべりするのが苦手でした。誰とも話さず一人で畑の草取りしたり編んだりほどき物したりしながら、あれこれ空想しているのが好きでした。どこまでもどこまでも広がっていく夢の世界は、自由自在で素晴らしかったのです。ですから一人でもくもくやる洗濯(その頃はタライと洗濯板でした)や、背中に赤ん坊の弟をくくりつける子守など大好きでした。背中に弟がいる限り、その間は大好きな本を読むことが出来て幸せでした。

ですから学校の登下校なども出来るだけ一人、特に帰りは楽しいことが沢山ありました。田んぼの中を歩き回り、小川をのぞき込み、手も足も濡らしてメダカを追いかけたりシジミを探したり。坂の途中には鋳掛け屋さんがあって、フイゴで火をおこしながら鍋、釜の修理をするのを見るのが面白くてしゃがみこんでしまったり、下駄屋さんでは鼻緒や中下駄、高下駄の歯をすげ替えたりの仕事から目を離せなくなり、次は肉屋さんにもひっかかってしまいます。何しろ、その頃の肉屋さんは分厚く大きなまな板の上で、これまた大きな肉の塊を次々さばいていくのです。時々すぐ横に下げてある棒状のヤスリで大きな包丁をシャシャシャッ、と研いだりするその手さばきの良さが面白くてなりませんでした。普通に歩けば三十分ほどの道程が、帰りは何倍にも膨らんでしまい、よく母に叱られました。

その頃はまだ、機械ではなく何もかもが人の手でされていました。私は学校の帰り道、食べ物をみつけるのも好きでした。春は芹摘みもできましたし、ツバナのまだ隠れた若穂を食べたり、ノバラやイタドリの新芽は隠し持った塩をつけて食べました。それからずるずると引きずり出した根を噛んで、その甘い汁を吸った名前のわからない草もあります。れんげの花は、一本だけ口に入れて吸ってもダメですが、五、六本まとめて口に入れて吸うと結構甘いのです。何しろミツバチが沢山蜜を集めにくるのですから……。なんだか食べる話ばかりですが、あの頃は戦争中で、いつも餓えてひもじかったのです。ですから、いつも食べられるものを探していたように思います。そのくせは大人になった今でも残ってなかなか抜けません。その頃はまだ人が自然を支配する、という雰囲気ではなく、自然に助けられて生きている、そんな感じがしていたように思います。

父が急に竹屋になり、当然私たちは竹屋の娘として育ちました。

竹屋といっても、物干し竿や垣根の材料を小売りするお店ではありません。山主の持っている竹山から、切るのに丁度よい（若くもなく、古すぎでもない）竹だけを買って切り出してきます。輪竹（樽輪）や建仁寺垣用の割竹くらいに加工することはありましたが、おおかたは原竹のまま関西はじめ、関東、東北、北海道などの竹問屋に貨車で送っていました。

そのような仕事の関係で私の家は、まるで駅の構内のような所に建っていました。電車、いえ当時は汽車でしたが、その乗り降りはわざわざ駅の改札を通らなくてもすぐそばの線路をひとまたぎすれば、すぐホームだったのです。

竹は切り出す季節というものがあります。春から夏にかけて新芽がぐんぐん伸びる、つまり水を吸い上げながら成長するときは切りません。そんな季節に切った竹はすぐに痛んでしまうからで、晩秋から冬の間が切り時です。その季節になりますと、山から次々と荷馬車で竹が運び込まれてきます。ガラガラガラガラと地を引きずる竹の音や、何頭もの馬のいななきが近づいてきて、線路脇の土場は一気に活気づいていきます。そういう時、小さな私たちまで不思議な興奮に包まれていきます。

馬車が運んできた青竹は、土場いっぱいに積み上げられては、次々と貨車積みされて北に向かって旅立っていきます。

あの頃は、まさに竹の全盛時代でした。生活のあらゆるところに竹は使われていましたから、人々の暮らしにとってなくてはならないのものでした。

日本は、よく木と紙の文化といわれますが、竹や藁なども加えないといけないと私は思います。でもいつの間にか荷馬車が消えてトラックになり、竹や藁もその座を石油製品にとって替わられてしまいました。ですから息子が三人もいたのに、父は弟たちを竹屋にはしませんでした。

後年の父は、眼底出血で片方の視力を失したことをきっかけに、細々と続けていた竹の仕事をすっかりやめてしまいました。どんなに寂しかったことかと思いますが、あの人馬一体となった往時のさんざめきはすっかり遠い日の夢となってしまい、働く人や関係者から親方、親方と言われていた父のあの勇ましい竹屋姿を見ることはなくなりました。

その父はいま、福島県のすぐ手前の町、昔神岡の宿、といわれた海辺の静かな処で少しばかりの畑仕事をしながら、母と一緒に余生を送っています。

働くことが何より好きで、それ一筋だった父の仕事は素晴らしく信用度の高いものでした。九州の朝比奈から来た竹、というとどこの問屋でも中身を改められることなく黙って売れていく、と評判でした。その話は子ども心にも強いインパクトがあり、後に私自身が編物製品を作るようになった時、いつも心の中の指針になっていました。


道草ばかりしていた小学校、そして中学を卒業した後私は、飯野町から二駅先にある県立小林高校商業科に進学しました。

父は家の仕事の事務を私にやらせようとしたのです。でも珠算や簿記、商業実務といった数字がたくさん並んだ科目はとても苦手でした。落第しない程度の検定試験はこなしましたが、それ以上に頑張る気にはなれませんでした。代わりにこれでもか、これでもかというほど図書室通いを続けました。

本を読むのはほんとうに好きでした。家庭科実習用の浴衣生地を買うためにもらったお金で、本を買って帰り大目玉を食らったこともありました。

それと高校生活で面白かったのは、体操競技を知ったことです。一年生の時、その存在を知りましたが、この学校には体操部などというものはなかったというより、体操そのものを教えてくれる先生、指導者がいませんでした。でもどうしてもやりたくて、自分で体操部を作りキャプテンになり、部員を集めて体操の写真集片手にさまざまな演技を少しずつマスターしていきました。みかねた体育の先生が、自分で実技はできないものの、口でああでもない、こうでもないと熱心にサポートしてくれましたので、試合にでたり、体育会の時には校庭の真ん中に平均台をデンと据え、その上で開脚、倒立他さまざまな演技をご披露するまでになりました。一年に一度の体育会の時などは、それはそれは盛大な拍手とどよめきに包まれたりもしました。といってもいまのサーカスというか、人間技とは思えない高度なテクニックには程遠い、ほんとうにごくごく基本的な演技ばかりでした。でもまだその頃はテレビなどというものはなく、従ってこの世に体操競技などというものがあるのも知らない当時の人たちの眼と心を驚かすには充分だったのです。

その体育会の後私たちは、ちょっとした花形になってしまったのも面白い思い出です。本当ににまだまだのんびりのどかな良い時代だったと思います。

そんなわけで、私の高校時代の思い出と言えば図書室通いと、体育館、そしてすぐ目の前に霧島連山の見える、一周千メートル以上もとれる広い広いグラウンドでの野外練習や陸上部の男子生徒との共同訓練等ばかりです。帰りの汽車はいつも他の生徒より一汽車遅く、朝は一汽車早く出て、朝練というものもやっていました。

そんな毎日でしたから、当然私は体育大学に進みたいと思うようになっていましたが、やはり父は許してはくれず、予定通り家の仕事の手伝い、つまり事務をしなさい、ということになってしまいました。でもささやかな抵抗で、一度だけ就職試験を受けさせてもらうことにしました。受けたのは県内唯一のバス会社宮崎交通でしたが、何しろこの会社のお給料は公務員の人たちとは比較にならない高給でした。当時かなりの高給取りといわれた銀行員よりもはるかに良かったものですから、受験者は沢山いました。でも私は合格するとは思わず、気軽に受けたのに受かってしまいました。

初め進学や就職に反対していた父も、受かるはずのない会社に受かってしまったのもですから、取りやめるのももったいない、じゃあ少しだけ働いてもいいよ、ということになりました。そこで約三年働きましたが、ある程度のお金が溜まったところで反対する両親を振り切って会社を辞め、溜めたお金を持って上京、かねてから念願の編み物学校に入学し、寮生活を始めました。

私の小さいころからの夢はいくつもありました。

まず本屋さんのように沢山の本に囲まれて暮らしたい。それから押し入れから溢れてしまうほど沢山の毛糸に囲まれていたい。それから広い広い農場や草原で馬に乗り、心行くまで駆け回りたい。馬に乗り、土を耕し、編み糸を紡ぎ、染め、織る、編む。そんな暮らしもいいし、出来たら神に仕える者として生きてみたい、などと思っていました。

少し欲張りすぎのようですけれど、ひとりでいるといつもそのどれかが頭をもたげて私の夢の世界はぐんぐん広がっていきました。ですからそんな子どもの頃からの夢の一つ、編み物の専門学校に入ることが出来て私はとてもとても満足でした。

何しろ私は、子どもの頃から自分だけではなく、弟たちのセーターまで自己流で編んでいました。その編み棒にする原料の竹は家にいくらでもありましたので、大小さまざまな鈎棒、棒針を小刀使ってたくさん作りましたが、困ったことに毛糸の方はなかなか手に入りませんでした。それで、ほどき物で出るくず糸はどんなに短くても全部つなぎ合わせて丸めておきました。もちろん初めに編むことを教えてくれたのは母でしたが、とにかく胴が入り、頭と手が出ればそれでOK。デザインもへったくれもありませんでした。手袋を編み、靴下を編み、腹巻、マフラーなんでもござれでしたが、なにしろ肝心要の糸がないので編んではほどき、ほどいては編みでしたから、なおさら押し入れいっぱいの毛糸の夢は大きかったのです。編み物は細いただ一本の糸が、作る人の想いのままにさまざまなものに変化し出来上がっていきます。洋裁と違って布自体を自分で作っていくところがとても面白く魅力的だと思っています。

私が上京して専門学校に入りたかったのは、編むだけではなく色彩や造形他、基本的なことを本格的に学びたいと思ったからでしたが、その学校は新宿の繁華街に近い新大久保にありましたので、夕方になると寮から飛び出し、その頃大流行の歌声喫茶にずいぶん通いました。本当に楽しい青春だったな、と思います。

高校を卒業したのが十七歳の終わり頃。二十四歳で結婚するまでの約七年の間、私はずいぶんたくさんの仕事を経験しました。まず初めの三年がバス会社。上京して一年半が編物教室。それからほんの少し宮崎に戻った後再び上京。霞が関議員会館で地元出身の衆議院議員の秘書のまねごとを少し。次は赤坂にあった法人会館の事務。労働省で統計のアルバイト。ある製菓会社の事務。結婚した頃は日本ステンレスという会社の主計課で朝から夕方まで終日ソロバンをはじいていました。一応商業科出身で珠算、簿記の上級資格を持っていましたので、事務の仕事には困りませんでしたが、やっぱり好きな仕事ではなくすぐに辞めてしまいました。

私の子どもの頃からの夢、押し入れいっぱいどころか家中いっぱいの毛糸に埋もれる夢が実現したのは、三番目の娘志乃が生まれてからのことでした。直子、冬子が生まれた頃は、せっかく手にしていた編み物の技術を生かすことのないまま、なんとか少しでも稼ごうと考え武蔵野市や三鷹市の授産所にせっせと通っていました。そこでの仕事は、輸出用のクリスマスの飾り物や電気部品のハンダ付け、袋貼りだのいろんないわゆる内職仕事でした。あんまりお金にはなりませんでしたが、家でただ子育てだけしているよりは面白かったのです。

そうしているうちに、私に編み物を教えてほしい、という人たちが少しずつ増えていきました。内職の方は辞めて社宅内の私の家は、小さな編み物教室に代わっていきました。そして寒い二月の末に志乃が生まれて間もない頃、新聞に「毛糸の手編み帽子の仕事をしませんか?」というチラシが入ってきました。

住所を見ると、二番目の娘冬子が通い始めたばかりの保育園のすぐ近くでしたので、何か面白そう、と訪ねていきました。

そのチラシを出したのは、帽子屋さんの仕事を始めたばかりのまだ若いご夫婦でした。まず手始めに、赤ん坊と幼児用の帽子を製品化しようとしていたのです。

話しているうちに、私が編み物の基礎が出来ることが解り、それなら自分で自分の作品を考案してみては、つまり型おこし、デザインしてみたら、ということになってしまいましたが、この人たちに逢ったことで、私はほんとうに貴重な体験をしました。

それまでは専門学校を出て、人に教えてもいましたが、全く素人の域を出ていなかったことを思い知らされました。とにかく編み上げたものが、着たり頭にかぶれたりすればそれでOK、満足だったのですが、売るための商品を作るとなると、本当に売れるかどうか勝負になってきます。何しろ小さいころから編み続けてきましたので、それなりに腕には自信がありました。それで、そんなの簡単簡単とばかり、自分の子どもたちにかぶせるような気分で編んだ数種類の帽子を持参してみました。ところが全部不合格。技術的には全く申し分ないけれど、これでは商品にならない、つまり売れないというのです。ちょっとこのへんを参考にしてみては、と持たされた帽子をためつすがめつしてみますと、技術的にはまことにお粗末この上なしなのに何かが違っているのです。一体それはなんだろう……。しばらくほんとうに考え込んでしまいました。

教室で教えるときは、その人その人の手加減に合わせて針の太さを選んだり、とにかくこれで儲かるか損するかなど考えたりはしません。でもある程度の量をまとめた商品となれば、しかも大した技術を持っていない大勢の人たちに手内職的に編んでもらうとなれば、出来るだけ簡単に編めて、見た目が良く、そして毛糸の量は出来るだけ少ない方がいい、そういう条件を満たさなければなりません。

それがわかってからは、とにかく人のかぶっている帽子、特に既製品の帽子が気になって、思わずジロジロ見てしまいます。それこそ寝ても覚めてもそのことばかり。なんとなく七転八倒の思いでした。何しろこれまでの価値観をガラリと変える必要に迫られたのですから……。

でもその甲斐はありました。二度目に四点の作品を持っていきましたが、なんと今度は全部合格。「これなら売れるでしょう」、と全部採用されることになったのです。嬉しかったですね、ほんとうに。その場でヤッホー！　って叫びたいくらいでした。

その時持参した作品はどれもみな、これまでの帽子では見たことのない編地でとてもシンプルに仕上げました。平面ではない、丸い頭にかぶせるものを作るのは結構大変ですが、ちょっとしたコツを呑み込んでしまうと、後はそれこそ簡単です。

編む人にとってもあまり時間がかからず楽なように、と考えました。その時採用された四点のうち二点は、私がこの仕事を辞めるまでの約十年間、途切れることなく問屋から大量の注文が入り続けた大ヒット作です。こうして一旦採用が決まりますと、そのあとがまた大変です。次は帽子問屋に出す型見本、色見本の製作にかかります。もちろん全部私一人でやらなければならない大仕事でした。

ベビー用の帽子は白、ピンク、クリーム、サックスブルーの四色でしたが、幼児用はちょうどその倍以上の色数でした。それらをすべて仕上げるのは大変ではありましたが、私のまわりはまるで色とりどりのお花畑のようでとても嬉しかったのです。

生まれてまだ数か月も経っていない志乃は、まるで毛糸にとり憑かれたように編み続ける私の傍で、静かにすやすやよく眠っていました。

帽子の問屋さんは、季節より半年ほど早く小売店向けの展示会を開きます。小売店は展示された現物を見て、その冬の分を注文します。私の作品については、とりあえず五十ダースずつの注文が入りました。つまりいきなり二千四百個もの帽子を作らなければなりません。そんな数、私一人では出来ませんから大至急人集めをしなければなりませんでした。

ついこの前までちまちまと内職していた私が、今度は内職を出す側になってしまったのです。ほんとうにあっという間の転身でした。どうしたら編む人を集められるか、もたもたしているうちに毛糸はどんどん染め上がってきます。とりあえずは、私のところに習いに来ていた人たちにお願いして、後は広告チラシで募ることにしました。

するとまもなく、ぽつぽつと小さなお子さんの手を引いた若いお母さんたちがやってきました。それはついこの前までの私の姿だったのですが……。

みるみるうちに私の家は、まるで保育園のような騒ぎになってしまいました。直子、冬子は幼稚園と保育園に通っていましたが、小さな志乃は踏みつぶされては大変と、いつも押し入れの中に寝かしていました。

内職する人は、別に貧しいとは限りません。とにかく働くことが好きなのです。特に私のところに来る人は、私自身がそうだったように編むことが大好きな人ばかり、といっても良く、ここはもうひとつの編物教室のようでもありました。

私は、自分が何年も内職をした経験がありましたから、子どもを持つ親にとって何が大変かはよくわかっていました。小さい子がいると、いつ風邪をひいたり熱を出したりするかわかりません。雨の降るとき、風の強い時、子連れで出歩くのはとても大変です。ですから他の内職授産所のように期限を切ったり、ノルマを課したりしないことにしました。一人一人の腕の善し悪し、手の速さ、性格、家庭の事情などを加味しながら仕事を出していきました。

いくら編んでもちっとも上手にならない人もいますし、えらい勢いで数十枚編んできたかと思うと、全部サイズが違っていた、なんてことはどれほどあったかわかりません。それらのやり直しや仕上げなど、すべて私自身でやっていましたから、人が増えれば増えるほど、私自身のすることもどんどん増えてしまうのでした。

それだけではありません。作る作品の方も夏物のアンダリア帽子、婦人帽、靴下、ケープ、マフラーなどなどレパートリーは増える一方でしたから、働く人たちも数十人に膨らんでしまいました。

私の帽子は、伊勢丹や三越などのデパートでも売られているというので、ある時見に行ったことがありましたが、なんとも品良く、良いお値段で並べられていてなんともいえず嬉しくなりました。時たま、私の帽子をかぶっているお子さんを見ることもありましたが、嬉しいというよりドキドキしたりもしたものです。

そんなことを始めてからどのくらいたった頃でしょうか、あるニット会社の女社長さんが、うちの仕事をやってくれないか、と度々やってくるようになりました。私は忙しすぎてなかなかいい返事をしなかったので、あれこれいろんな条件を出してきました。何しろ我が家にはまだ小さな子供たちが四人もいましたし、その社長さんの家は世田谷の給田でとても遠いし、私自身のデザインの仕事も山ほどありましたから、とてもよその仕事まで手伝うなどといった余裕はなかったのです。

でもあまりにしつこいので、ついつい説得に負け、そのお家までの送り迎えは車でしてくれる。そしてまず私自身の仕事を優先させてもらうことを条件に、まだ保育園にも行っていなかった章子を連れて通うことになりました。

ちょうどその頃のファッションは、大量の生地を使ったゾロっと裾まであるような重たい雰囲気の物が流行りでした。ですから何か頭の上にのせてバランスをとりたくなるような雰囲気でしたから、婦人帽の大流行の時を迎えていたのです。

婦人帽は、赤ん坊や子供のものと違い、アイデア、技巧、色扱いなどほとんど制約がなく、思うままに作ることが出来て面白かったのです。

その頃の流行色はとてもベーシックなもので、私の好きな色が次々と染め上がってきました。私としてはなかなか面白くやり甲斐がありました。

そんなこんなで我が家には、さらに大量の毛糸が小山のように届いては編み手の人たちに配られていきました。そしてしばらくすると、出来上がった作品が集まってきます。それを問屋に納めるまでにはしばらく間がありますので、直子、冬子の使っていた二段ベッドはいつの間にか帽子置き場になってしまうのが常でした。

そんな頃のある年の七夕の日、笹につけられた子供たちの願い事を書いた短冊を見ていましたら、「早くうちの中から毛糸や帽子がなくなりますように」と書かれたものがあって、思わず胸がキュッとなってしまいました。小さい頃からの私の夢は十二分に叶いましたけれど、今度は娘たちが全く逆の願い事をしているのでした。

子供たちだけではなく、もちろんお父さんの協力もなくてはならないものでした。子供用の帽子には、よく毛糸のふわふわのボンボンをつけますが、その大量のボンボン作りはいつのまにか完全におとうさんの仕事になってしまいました。

ほんとうに仕事はいくらでもありました。どこでどう聞きつけてくるのか、六本木や青山のブティックからの引き合いも多く、夢のように楽しい仕事がひっきりなしに入ってきました。私の出た編物学校の関係者からも、新しい感覚の作品作りにとても強い関心が寄せられていて、時々講師として出かけることもありました。

「私ってきっと、編み物するために生まれてきたに違いない」、と自分自身で確信するほど、いつでもいつでも編んでばかりいました。それこそ寝ても覚めても、盆も正月も、新聞やテレビを見ながら、電車の中はもちろん、映画館の暗がりの中、そして歩きながらでも編んでいました。

一本の糸を編んでさまざまな形を作っていく、それは私にとっては息をするのと同じくらいに日常の事だったのです。

それにしてもほんとうに忙しい毎日でした。そんなある日、あの小川町竹沢の話が舞い込んできたのです。初めはとてもうん、といえる状況ではありませんでした。とっても気になる話ではありますけれど、ここは無視しなければ、と思いました。なのに結局行ってしまったのですね、竹沢へ……。

実際現地に行き、そこの野山を見、空気を吸い、宗さんたちの話を聞いてしまってからは「やります」、以外の答えはありませんでした。

そうした状況の最中、私は五人目の子どもを早産し、わずか十三日目で亡くしてしまいました。それは家の中に、毛糸の帽子が山になっている夏の真っ盛りのことでした。

私は、直子以外の三人の子の出産は割合安産だったので、少し油断しすぎたのかもしれません。予定より数か月早く、しかも前置胎盤という緊急事態で、親をとるか子をとるかの騒ぎの中、帝王切開で生まれた子はやはり女の子でしたが、すぐに小児センターに救急車で運ばれ私たちは別々になってしまいました。

おとうさんはすぐその子に、融子《とおこ》という名前をつけましたが、それは融《とおる》という能からとったものでした。これは私が経験した最も身近な者の死でしたが、人がこの世に生まれるとか死ぬ、という現象はいったいどういうことなのだろう。いったい死の向こうには何があるのだろうか。もう二度と再び逢えないのだろうか。このことをきっかけに私は生と死について事あるごとに考えるようになりました。


小川町の宗さんたちとのお付き合いを始めるようになってからも、編み物の仕事は更に忙しくなる一方で、私の収入はおとうさんの安い給料よりはるかに多くなっていきました。その頃おとうさんは好きな能にますます深入りしていましたので、私は、はたと考えました。

そうだ、それならいっそのことおとうさんに会社を辞めてもらい、私の仕事を手伝いながら謡でも仕舞でも思う存分やるのはどうかしら？　と持ち掛けてみることにしました。

うちのおとうさんはかなり心配性で、自分が辞めて定期収入がなくなったらどうするんだ、

というかと思いましたが、現実に私の仕事量があまりに増えすぎていたことと、それなりの収入もあることから

「ウン、そうしようかな……」、とすぐにその気になってしまいました。

ところが、そんなある日のことでした。「かかしの会」を始めてちょうど一年経った頃のある日、とってもおかしな出来事があったのです。

その頃、私たちが住んでいた家の近くには、ちょっとした栗林がありました。私はまだ車の免許など持っていませんでしたから、どこに行くのもそれこそかなり遠くまでいつも自転車をすっとばし、走り回っていました。その日、その栗林の前に差し掛かった時、前輪にキキーッ、と急ブレーキをかけられたようなものすごいショックを受けました。それはほんの一瞬の出来事、というか感覚で、実際にブレーキがかけられたわけではありませんでした。でもその瞬間「私は一体なにをやっているんだ!」、という強い叱責の言葉に包み込まれてしまいました。いくら好きなことだといっても、こんなめまぐるしい毎日を送っていていいんだろうか? いえ、いいはずがない。本当にしなければならないことは、こんな事ではなかった。お金でも物でもない、もっと大切な何か他のこと……。

それは自分というより、なにか得体のしれないとても大きな他の存在から強く揺さぶられてしまった、そんな印象でした。その後私は、何事もなかったかのように自転車を走らせましたけれど、ペダルをこぐ速度はとてもゆっくりにならざるを得ませんでした。

「いったいあれは何だったんだろう……」、その時のことを思い出すたび、いつも胸がどきどきしてたまらぬ不安にかられてしまうのです。

それからは、仕事をしていても何となく気持ちが落ち着かなくなってしまい、ほんとうに信じがたいことでしたが、私の生活の中から編み物の影がどんどん薄れていきました。取引先からは、しつこく強く引き止められましたが、私はひとつ、またひとつと仕事量を減らしていき、迎えの車も来なくなりました。もちろん家の中からは毛糸の山や、出来上がってきた製品の姿が次々と消えていき、とうとう娘たちが七夕様に書いた願いのようになりました。

当然我が家に出入りする人たちの顔ぶれはすっかり変わってしまいました。そして今度はふんだんに土の匂いのする農家の人たち。飾りっ気のない若者たち。週ごとの野菜をとりにくる気取りのないお母さんたちなどなど、新たな出逢いが沢山ありましたが、今思い出すも辛く苦々しい誤解や別れも沢山ありました。

それまではあまりに順調にいきすぎたのでしょう。新たな人々とのお付き合いの中で、世の中の仕組みや常識、といったことにあまりに無知だった自分がさらけ出されていく思いでした。でもあまり常識的でなく、常識にとらわれない私であったからこそ、ストレートに自分を表現し、物を言い、何事にも恐れることなく手を出してこれたし、未知なる人々との出逢いも沢山あったと思います。またこのような新しい出逢いと出来事で暮らすようになってからは、これまであまり気にすることもなかった社会的な小さな怒りや疑問もどんどん増えていきました。

人の健康や生命だけではなく、自然界の沢山の生き物たちの生命を脅かしてしまう、農薬や化学肥料、そしてさまざまな食品添加物、合成洗剤、中性洗剤。リンスやシャンプー。大量の水を一気に流す水洗トイレ、これでもかこれでもかと使いすぎるトイレの紙やボックスティッシュの類。人と関係なく売り買いできる自動販売機。次から次へと作り出されていくカード類。新聞と一緒にしこたま入り込んでくる広告チラシ。テレビは一日中人々にあれ買え、これ買えと欲望をそそる。いちいち気にしていたらおかしくなってしまうけれど、やっぱり気になって仕方のないことばかり。いつのまにか私たちの生活は大きく変化してしまい、これから先はさらに変わっていくに違いありません。

昔、いえ私の子どもの頃に比べれば夢のように明るく便利、そして冷たく清潔になりましたが、それを私は素直に喜ぶことはできませんでした。でも次々と自分の中にたまり続けるそうしたさまざまな思いが、私があれこれやり続けることの出来るエネルギー、大きな原動力なのだと思います。そしてその頃から、私はどんどん意地悪おばあさんになっていきました。

何もしなければ、しないで済んだ苦労ばかりですが、やっぱり私はせずにはいられない性格です。この世を創った神様は、「まず言葉ありき」だったそうですが、人間の私は、「まず行動ありき」の人生です。そして私は、辛いこと苦しいことがあればあるほど、それをバネにしてますます強くなっていく性格だということをよく知るようになりました。

私はまるで野の草や、踏まれれば踏まれるほど強くなる麦のような人間だな、と思います。

第10章

それも人生、これも人生

「ねえおとうさん、私ちょっと沖縄に行ってくるけどいいかしら？」

朝六時になるのを待ちかねて、まだぐっすり寝込んでいる枕もとでそっとささやいてみました。いいかしら？　といっても、私はすでに出かける支度は済んでいます。

「え？　何？　今なんて言った？」

「私那覇まで行ってこようと思って……」

「何しに？」

「ほらいま白保の人たち、県庁前で座り込みやっているでしょう。今日、本会議で強行採決されてしまいそうで心配で……」

「航空券、取れてるの？」

「キャンセル待ちしてみる」

「そう、気を付けて行けよ。みなさんによろしくね」

そういうとおとうさんはまた寝てしまいました。次は冬子です。

「ねえ、冬子。私ちょっと沖縄に行ってくるけど、たぶん那覇に一泊だけで帰ってくるから後の事よろしくね……」。

「え、ほんと？　わかったけど……。でも一泊で帰れなくても篠崎さんとちゃんとやっとくよ。駅まで送ってあげるよ」。

そう言いながら冬子はごそごそ起きだして、車のエンジンをかけました。私はそこらにあった紙袋に入れた着替えの下着とモンペ、そしてギリギリの旅費だけもって家を出ました。

それは昨年の夏、七月十三日土曜日の朝の事でした。

一週間ほど前から石垣島白保の人たちは、おじい、おばあを含めてあちこちから駆けつけてきた沢山の支援の人たちと一緒に、「新石垣空港建設計画」に反対して県庁前でハンガーストライキをやっていました。その様子は、毎日送られてくる沖縄現地の新聞で詳しく報じられていました。新聞の写真は、知っている人たちの顔ばかりです……。それを見ているとほんとうに気が気ではなく、東京でじっとしてはいられなかったのです。

思い立ったその日は土曜日、次の日曜日も給食はないので、思い切って那覇まで行ってみなさんと一緒に行動したい、の一心でした。

幸い、空席が一つありました。那覇空港からは、なけなしのお金をはたいてタクシーに乗り県庁にたどり着き、そのまま本会議場に入りました。入ってみると今まさに空港問題についての審議が始まろうとしていたのです。本当に滑り込みセーフ、とはこのことです。

ところが始められた審議は、全くのおざなりそのもの。建設の是非などの議論は一切なく、全会一致で「建設賛成」、となってしまいました。

つまり県議会議員の中に、白保の声を代弁する人が一人もいなかったのです。傍聴席の人たちは一斉にこぶしをあげ怒りの声を発しました。結果、全員退去命令が出てしまいました。

せっかく早起きして駆けつけたのに、あっというまに私も他の人たちと一緒に会議場の外に追い出されてしまいました。

私にとっても白保の人たちにとっても、初めてのことばかりです。県とか、国といった大きな権力の前で、実際に命の糧である海や農地を奪われ、生活の術を失う人々とは全く関係なく事が決められてしまう、という堪え難い経験を初めてしました。ほんとうに胸が痛くて泣きたい思いでした。

「ここまで来たら、石垣はあと三歩サー」

今回は白保には行かずこのまま東京に帰ります、という私を、白保の人たちは強引に石垣島行きの船に乗せてしまいました。

「もしもし、おとうさん。私白保まできちゃったから、帰るの少し遅れそう……。ゴメンナサイ」私は小さくなって家にデンワしました。

私が石垣島白保の空港問題に直接関わるようになったのは、一九八三年の暮れのことでした。それ以来私は、何か事ある毎に沖縄に行きましたので、その回数はぐんぐん重なっていきました。そんな私を夫や娘たちは何も言わず送り出してくれてほんとうにありがたいことでした。

私たちが結婚したのは今から二十四年前、一九六二年九月のことでした。

最初に住んだのは杉並区の阿佐ヶ谷で、四畳半一間、木造アパートの二階にある一室でした。玄関もトイレも台所もみんな共同使用のこのアパートには、年齢も仕事もさまざまな人たちが住んでいましたので、まるで下町を思わせるとても楽しい雰囲気がありました。

結婚することが決まり、それまで山手線の大崎駅近くに住んでいたおとうさんは、私の住んでいた方に引っ越してくることになりました。その時の様子は、今はとても信じがたい面白いものでした。

今の若い人たちと違って、あの頃の若い人たちはほんとうに何も持っていませんでした。ですから引っ越しもとても簡単。何しろ荷物は少々の衣類と寝具一組、そしてなけなしのお金をはたいて買い集めた数十冊の本。そして木製の机と椅子、そんなところでした。

私たちはそれらの物を全部、なんと山手線と中央線、つまり電車を使って運びました。その頃は荷物券（チッキ）というものがありました。夜具は布団袋に入れましたが、他の物は梱包もしていない、つまりバラバラ状態で運びましたが、その頃の駅員さんは何も言わないどころか、改札を出たり入ったりなど、一緒に手伝ってくれさえしたのです。ほんとうになんていい時代だったことかと思います。何しろ戦後まだ二十年にもなっていない頃です。駅員さんたちも、どこか似たりよったりの貧しい暮らしぶりだったのだと思います。

そのような昔のことはさて置いて、いま現在の私は、まるで雑貨屋の店先のように実に様々なことを手掛けています。まず若いころから続けている編み物のこと。埼玉県小川町の農家の若者たちと取り組んでいる「かかしの会」。近くの小学校の給食材料の搬入作業、三鷹駅前で始めてしまった小さなレストラン「みたか たべもの村」。沖縄県石垣島白保の海の空港建設反対運動。そして反原発や反戦平和への取り組み。合成中性洗剤などをなんとかやめてもらいたい、の動きなどなどです。

とにかく何がメインなのかさっぱりわからない、といった状態はいつもありました。そんな私を見て「山田さんのお家ってどんな家庭なんですか？　よっぽど理解のあるご主人なんですね」、とよく言われました。そんな時私は、おとうさんの理解があるからいろいろやれている、というようには思っていませんでした。だっておとうさんはおとうさんで、ほんとうに自分の好きなこと、つまり一番は能関係のことでしたが、その他山に行ったり川に行ったり自由にやっていたからです。お互いにお互いを縛り合わない、ということでしょうか。逆に私はよその家庭状況のことがあまりよくわかりませんでしたが、私には自分で稼ぐことが出来る、という経済的な強みもあったからなのかもしれません。

多くの人たちは私の側からみようとする時、「よっぽど理解のあるおとうさん」に見えるのですが、おとうさんのやっている能楽関係の人たちから見ると、「山田さんの奥さんは、よっぽど理解のある出来た人」、ということになってしまいます。何しろ何であれ芸事というものは、そのお稽古の段階で、日々お月謝というそれ相応の出費がついてまわります。お金だけではなく多くの時間もさかねばなりません。おとうさんの場合、仕事先は大きな企業ではありますが、自分の好きなことばかりに熱を入れ時間を割いているものですから、ちっとも昇進も昇給もしないまま年月が経っていきました。でも合成洗剤のこと、原発のことや私が一生懸命やっている「食」の事に対しては、ほとんど同じ価値観で話が出来ることは確かでありがたいことです。

私の家ではよく子どもたちを連れて、自転車で三十分ほど先にある多摩川まで遊びに行きました。そこにはきれいな水が流れているはずなのですが、ちょっとした堰があると白いフワフワのものが川幅いっぱいに広がっています。初めはなんだろう？　と思いましたが、それは私たちが日常生活の中で毎日台所や洗濯で使い続けている、合成洗剤や中性洗剤による泡でした。その泡たちはほんの少しの風でもフワフワと舞い上がります。何も考えずただ見ている分にはどうってことない光景ですが、つい私はあの水の中で生きている沢山の魚たちはさぞかし辛く苦しいに違いない、と思ってしまうのです。一緒にその光景を見ていたおとうさんは、「よし、決心した！」とばかりに、「おかあさん、もううちでは合成洗剤使うの止めようよ。せめてうちからは魚たちを殺してしまうようなものを出すのはやめようね」と言い出しました。

結婚した次の年、長女直子が生まれましたが、母がお祝いにとその頃はまだとても珍しかった電気洗濯機を買ってくれました。それを使う時は、やはり固形せっけんではなくその頃出回り始めていた石油から出来た魔法の粉を使っていたのでした。

でも、あの多摩川の様子をみてしまったら、もうそんなものを使う気持ちにはなれず、昔ながらのタライと洗濯板に戻りました。

東京オリンピックのあった一九六四年のあたりは、まさに日本の高度成長期でした。テレビはオリンピック見たさで、ぐんと増え、電気洗濯機、冷蔵庫、掃除機といったものがお金持ちの家だけではなく、分割払いの導入とともに一般庶民の暮らしの中にどんどん入り込んできました。

こうしたさまざまな石油製品が生産される過程で、副産物として大量に出来てしまう各種合成洗剤は、いつのまにかほとんどの一般家庭、家屋の中に無くてはならない必需品としての位置をしめてしまいました。

ですから一九七二年、三年に起きたオイルショックの時は、どこの店からも家庭からも合成洗剤類が消えてしまい大騒ぎになりました。つまり洗剤パニックが起きてしまったのです。でも私の家では合成洗剤は使っていませんでしたので、全くいつも通りの生活でした。その我が家の生活スタイルを知っていた一人の有人から、

「今頃あなたは、こんなことになって当然よ。ときっとニタニタしているでしょうね」、という手紙をもらいました。でもそんな騒ぎもほんの一時のことで、すぐに元の木阿弥、喉元過ぎれば……、のたとえのように、人々はそんなことがあったことなどすぐに忘れてしまいました。

川だけではなく、山に行けば行ったでそこにもまた気になる光景がいろいろありました。

一番痛々しく思ったのは、その木がまだ幼い頃に巻き付けられたと思うビニール製の紐が深く幹に喰いこんでしまっている姿でした。もしそれが麻か藁でできたものであれば、月日とともに朽ち果て、木は自然に解放されていたはずです。山肌にうち捨てられたビニールやプラスティックの袋や容器も決して朽ちることなく、その醜態をさらしたままです。こんな不自然な

ものを日々その生活の中に次々と取り入れて暮らすのってやっぱり間違っているのではないか、とつくづく思うのです。

「ねぇおかあさん、家の中から石油製品を出来るだけなくさないと……」、とまたお父さんが言いました。とにかくそんなこんなを見るたびに、川や山や木や魚や、他の生き物たちの痛みというか、息き苦しさが自分の痛みになって胸に迫ってしまいます。

私は初めて台所用中性洗剤を使った日のことをはっきり覚えています。それは私より一足先に嫁いだ妹が、

「ね、これすごいのよ。油汚れでもなんでもパッと落ちるんだから!」、とまるで魔法の薬でも手に入れた様な騒ぎで里帰りしてきました。それまでの私たちは、お湯とか灰を使って汚れを落とすのが、ごく普通のやり方でした。他にも布や稲わら、荒縄、それから軽石なども、きれいにしたい物に合わせて使い分けていました。

私の育った辺りは、霧島火山帯のシラス台地でしたから、そのシラスそのものが研磨剤でもありました。家のすぐ下を流れている小川には、上流からプカプカと大小さまざまな軽石が流れてきました。その中から固くもなく柔らかすぎない物を拾っては、煮炊きですっかり真っ黒になってしまったお鍋やお釜、その他いろんなものを磨きあげていました。妹が持ってきてくれた魔法の粉や液体は、人々がそうした自然素材を使っての暮らしと決別することの前触れだったと思います。

ナイロン、テトロンといった耳慣れない名前の化学繊維の布地が出回り始めたのも、その頃でした。シワにならない、軽い、すぐに乾く、といったそれらの持つ特徴を、人々はもろ手を挙げて受け入れていき、世はまさに石油製品全盛時代に突入していったのでした。

お勝手のざるに食器、洗剤、衣類、物干し竿に燃料、建築材他何から何まで石油のおかげ（?）をこうむらないものはありません。否応なしに私たちは、そういう物に囲まれて暮らさざるを得ないことになってしまいました。そんな時、家の中から石油製品を無くす、といってもそう簡単にはいきません。でも可能な限り本来の、つまりちゃんと土に還ってくれる自然素材の物に切り替える努力を私たちは始めました。そういう思いになって探し始めると、結構良い物が見つかりますが、やはり石油製品よりも価格は上がってしまいます。でもこれは、ほんとうに気持の問題ですから仕方がありません。受け入れることにしました。まあこのような問題については、おとうさんも全く同じ価値観があったのは幸いなことでした。

おとうさんの職場は田無市（現西東京市）にあります。田無の工場だけでも二千人以上、会社全体では万を超す社員を抱えた大企業ですが、うちのお父さんは全く出世も昇給もしない万年平社員のままで、勤続二十六年を迎えてしまいました。こんな世知辛い世の中でよくクビにならずにここまできた、と思いますが、こうした大きな会社故に個が目だたず好きなことが出来ていたのかもしれません。

若い頃はほんとうによく会社を休みました。病気休みではなく、季節のいい頃、朝目が覚めてとっても良いお天気ですと、自分だけではなく娘たちまで休ませて、山や川へと出かけていきました。そんなおかげで上二人の娘たちは、まだ小学生のうちに谷川岳、八ヶ岳、金峰山や尾瀬など、一、二泊で行ける山はほとんど登り終えていました。

よく人から「そんな時学校へはなんていうの?」、と聞かれましたが、もちろん嘘はつかずに「山に行きます」、でした。病気で休むよりずっと健康的でよい、と思うのですが、どの先生にもそれが通用するわけではなく、「ちょっと風邪気味で……」になることもありました。山に行けばジャガイモ一個、マッチ棒一本、チリ紙一枚、何も無駄には出来ません。そして山登りは、一日七時間八時間と自分の足だけを頼りに歩かなければなりません。お天気次第では大変な目にあってしまいます。人間に都合の良い自然ではない姿も否応なしに見なければなりません。たぶん、それを体験するのが一番大切なことなのかもしれません。

「一生のうち、一度は家を建てなきゃ男じゃない」、どこかでそんなセリフを聞いたことがある気がします。でも六人家族の我が家はいまだに借家暮らしです。ですから、毎月あっという間に大枚の家賃を払う日が来てしまいます。

「私払う人、あなたもらう人。ほんとに家主さんっていいもんだ……」、と心の中でぶつくさ言いながら無けなしのお金を数えます。

結婚前私は、三畳一間の部屋に住んでいました。結婚して四畳半一間。陽のささない社宅に移って三畳と六畳の部屋。「お日様が良く当たりますよ」、と誘われて移ったアパートは六畳と四畳半。ここはお風呂屋さんで知り合った人が管理人をしていたところでしたから、私たちもその役を引き受けました。それで家賃は社宅並みに安く、とても助かりました。少しずつ部屋が広くなってまるで出世魚のようだな……、と思うのです。

結局このアパートが一番長くて十七年住みましたが、子どもたちの成長に合わせて、少しずつ借りる部屋を増やしていきました。当然のことながらその頃の私たちはほんとうに若く、気力も体力も充分にありました。

うちのおとうさんは、毎朝六時半に起きだして、出勤前の一時間ばかりをギコギコトントン大工仕事に精を出しました。私たちが住み始めたアパートには、けっこう広い庭があり、その一角に屋根も囲いもない水場というか流し場がありました。まずそこに屋根をつけたのです。おかげさまで雨が降っても濡れずに洗濯ができるようになりました。その次が風呂場でした。流し場の横に囲いをして、もらってきた古い檜造りの風呂桶を置いただけのとても簡単なものでしたが、これではるばる銭湯まで行かなくてもよくなりました。何しろ子連れで、寒い冬お風呂屋さんまで行くのは本当に大変でしたから、それはとても嬉しかったですね。

子どもたちは家の中で素っ裸になって風呂桶まで飛んでいきました。私たちも同じように、とはいきませんでしたが、まあ似たり寄ったりの姿でしたからお上品な方が見たらきっとびっくりされたと思います。

でも残り湯を使って洗濯をしたり、どろんこ遊びの子どもたちを洗うのにも、ほんとうに便利で開放的でよかったのです。

帽子の仕事も「かかしの会」も、みんなこの家で始まりました。

あれは何年前のことだったか、と思います。ある日突然、家主さんから呼び出しがかかりました。何事かと出向きますと、このアパートを壊して息子さんの家を建てることにしたから二年後には出てほしい、というのです。これはまた腰が抜けそうになるほどびっくり仰天の話でした。私たちはいつのまにかずっとこの家に住み続けるつもりで、借家だという事をすっかり忘れていました。

はてさて、これはほんとうに大変なことです。最近初めて、やっと軌道に乗り始めた「かかしの会」をどうしたらいいのか。それよりなによりここと同じような条件のいい引っ越し先、ちゃんとみつかるかしら？　とすっかり考えこんでてしまいました。

私は今も昔も、自分の家を持ちたいと思ったことはありません。おとうさんのような安月給のサラリーマンの身で、家のローンなどに縛られるなんてまっぴらごめんでした。ところが、おとうさんの方は少し違っていました。

「いつまでもこんなアパートで暮らしているわけにはいかないだろう？　そろそろ家をなんとかしなければ……」、とかなんとか言い出すことが時々あったのです。

「とんでもない、私はそんなものいりませんよ」、と私が言うと、

「でも男は一生のうち一度は家を建てないと一人前じゃないそうだよ」、というのです。
「じゃあ半人前だっていいんじゃない？　それに家なんて建てたらもう能なんかやっていられませんよ。家を取るか、能を取るか……」、さあどっちだ！　の思いでした。

ほんとうに心底私はそんなものに縛られずに暮らしていたかったのです。でもいよいよこのアパートから追い出されるとなると、またまたお父さんは家を買おう、なんて言い出しそうで困りました。

ところが家主さんの宣告からしばらく経ったある日、
「このところずっと考えていたんだけど、やっぱり家を買ったり建てたりしないことにしたよ。悪いけれどずっと借家で暮らそう。家の借金払いで終わりたくないもんな……」、と言い出したのです。

何をいまさら、と私は思いましたけれど、正直なところほんとうにほんとうに心からほっとしました。本気で家を、なんて言い出したら、一勝負覚悟しなければならない、と思っていたからです。ですから、胸の中のつっかえはスッと外れて、体中にさわやかな風が吹き渡る思いでした。

家主さんは、今すぐと言っているわけではありません。あと二年もあるのです。その間に根気よく次の引っ越し先を見つければいいだけです。本当ににヤレヤレ、と思っていた時、またまた家主さんからの呼び出しがありました。

「もし家を買うつもりがないようでしたら、山田さんたちも一緒に住めるように建てましょう」、というのです。

「え？　いったいどういうことかしら？　まさか私たちの家も建ててくれる、っていうんじゃないですよね……」と私たちはまたまたびっくりしてしまいました。でもそれは本当に本当で二年後、息子さんたちのどっしりとした立派な家の横に私たちの住むこじんまりとした二軒長屋のような家が建ったのでした。

おかげさまで私たちは引っ越さないままそこに住み、無事「かかしの会」も続けていけることになりました。それは私たちの暮らしぶりというか生き方をずっと見ていた家主さん夫婦の、心からのご好意であったことは言うまでもありません。

ところが、それから数年後にまたまた家主さんからの呼び出しを受けました。いったい今度は何だろう？　と思いましたが、いま小学校三年生のお孫さんがそろそろ受験勉強期に入るので、独立した勉強部屋を作ってあげたい、つまり、またまた私たちに引っ越してほしい、との申し出でした。さて、ほんとうに今度こそ困りました。今度は「かかしの会」だけではなく、境南小学校の給食食材調達と搬入、といったもっと離れがたい状況が私の方にありました。

もちろんこれは、私自身で背負い込んだものではありましたが、今となっては学校の中にも地域の中にも深く根を下ろし、社会的な広がりも大きくなっていましたから、住まいのことでそう簡単にやめるわけにはいきません。

家主さんの都合もですけれど、私たちの方の都合も大ありにありました。

小学校からあまり遠くなく、車庫があり、野菜分けができ、六人家族で住めるところ、となると、これはもう一戸建ての家を探さなければなりません。そして出来るだけ家賃が安いところでないと困ります。さて、どうしたものか……。家主さんには申し訳ないけれど、そんな条件の家がみつかるまで、数年待ってもらわなければ、と心に決めました。

それからは人様の家が気になりすぎて仕方がありません。特に庭先、玄関先が広い家を見ると、ああここが空き家だったらいいのに、と思ってしまいます。何しろその頃の私は、ゆったり大勢で野菜分けが出来るところが欲しかったのです。ところがところが、またまた家主さんからの呼び出しがありました。

なんと今度は、私たちが引っ越すための家を買いますから、というのです。家主さんの手もとには二枚の売家広告のチラシがありました。一枚はすぐ近くの商店街に新築中の三階建ての小ぶりな店舗です。もう一枚は築十九年という中古の一戸建家屋でした。つまりそれはいま現在私たちが住んでいるこの家のチラシでした。

家主さんはその二枚を並べて、どちらか良い方を選んでください、と言うのでした。

家主さんには男のお孫さんが二人いるので、もう一軒買っておいても無駄にはならない、いずれ私たちもどこかへ引っ越す日がくるでしょうから……、ということでした。

本当に有るところには有るものです。男は一生に一度、どころではありません。この方は、すでにもう七軒くらいの家をもっている、とのことでした。

前の家が六畳二間に四畳半二間に三畳間。今度の家は、八畳二間、六畳二間と四畳半一間、ちょうど一回り大きくなりました。さて、その次はどういうことになるでしょうか？　ほんとうにこの先のことは解りません。


「もしかしたら近いうちに、広島の呉に転勤になるかもしれないよ」。ある朝、いきなりそんな事をおとうさんが言い出しました。いまの会社に入社して約二十六年、その間そんな話は一度もありませんでした。

それまで私がいろんなことをやってこられたのも、他の会社勤めの人のような転勤騒ぎがなかったから、とも言えますが、それにしてもなんで今頃急に、と考えてしまいました。

「もし、ほんとにそうなったらどうする？」

「決まってるでしょ」

「……？」

「単身赴任か辞めるかでしょ」

「ずいぶん簡単だね。他に言いようはないの？」

それにしてもほんとうに降ってわいたようなこの話、あまりに思いがけないのでびっくりしてしまいました。でも考えてみれば来年は五十歳です。末の章子も中学を終えましたし、そのあたりをめどに辞めてもいいかも、と時々話していたところでした。おとうさんにとって、初めは趣味で始めた謡曲ですが、いつの間にかどちらが本業かわからないくらい、この能関係のことで会社を休むことが多くなっていました。若い頃はよく休んでは山に行っていたのですが今はそんな暇などない状態です。

そんなこんなを考えますと、よくここまでクビにならなかった、と思います。でもそろそろそんなふた股かけた生活は限界ではないか、とも思えるのです。それに時々おとうさんは、「会社に行っていると、なんだか人生を無駄遣いしているような気になってしまう……」というのです。

おとうさんの勤める会社は大きくて安定はしているけれど、その仕事内容は、私たちの価値観からいってあまりいいとは言えないものでした。それでも生きる、つまり生活のための現金収入は欠かせませんから、いやでも我慢して働き続けている。まあそんな状態でしたから、心身ともに疲れてもいたのです。

この会社の定年は六十歳、それを五十歳で辞めるのはやはりそれなりにリスクがあり覚悟のいる話でしたが、人生とは誠に面白いものです。いったいどうなることか、と思っていた転勤話はいつのまにかたち消えになりましたが、何とその後、この会社は経営縮小のため、大量の人員整理をすることになりました。つまり肩たたき、というのが始まったのです。もし五十歳で退職するなら退職金を大幅に増やす、という話が持ち上がりました。

そこでやっぱり「どうしようか?」、となりましたが、会社の方はいくら頑張ってもあと十年、六十歳になったらあとは自力でやっていくしかありません。能の仕事であれば何歳で定年、というものはありません。本人が元気であれば、いくつになっても現役でやっていくことが出来ます。それに好きなことであれば、少々辛くてもいいのでは、と私は思いました。

でも心配性のおとうさんは、「ほんとに定期収入がなくなっても大丈夫?　ちゃんと暮らしていけるかな……」と随分心配していましたが、「とにかくやっていけるかいけないかは、やってみないと解らないでしょ?」、と私。

とにかく、どこかで踏ん切りをつけないと何も前には進まないし、新しい世界は開けてこない、と私は強く言い放ったのです。

「まあ、何とかなるんじゃない?　とにかくやってみましょうよ」

経済的には苦しくなるかもしれませんが、まあそれも人生、これも人生。きっと何とかなるに決まってる、と私は相変わらず楽観的な女房でありました。

あとがき

私たちのような活動は、何時までたってももうこれで良し、ということがありません。ですから書いているさなかにどんどん新しい動きがあり、変化がおきてしまいます。

「かかしの会」のこと、給食のこと、「たべもの村」のこと、そして家族のことなど、いままたもう一冊かけるのではないかと思うほどです。にもかかわらず、出来上がった一冊の本は、一人トコトコ歩き出してしまうでしょう。

「かかしの会」では、山田宗正さんが結婚し、家を出て新しい農場で独立してやっていくことになりました。夏には赤ちゃんも生まれます。

給食の方は、今年もまた栄養士の海老原さんの異動はなんとか見送りとなりました。いま、新年度に向けての準備にかかっているところです。

給食を語るとき、決して欠かすことの出来ない調理師さんたちの大きな役割、まして境南小学校の場合はそれらの皆さんの協力なしには成り立たないのですが、本文の中ではそれをうまく表現できなかったことがとても心にかかっています。家族の中も大きく変わりました。その最たるものは、やはりおとうさんのことです。

そのおとうさんも、数年前に国立能楽堂が出来てからは舞台の数も次々と増え、長年務めてきた会社との両立は難しくなってしまいました。それで八六年十二月を限りに、二十七年勤めた会社をすっぱりと辞めてしまいました。いよいよまた、前にもましてお金に縁のない暮らしに舞い戻ったところです。

私の良きアシスタントであった冬子は、結婚準備のためがぜん外に出て働きだし、私は片手をもがれました。三女の志乃はこの春高校卒業、天職にも思えた看護学校をやめ、アメリカに留学するとばかり、いまその資金稼ぎに張り切っています。長女の直子は、あるタウン誌の大手町本社に職を得、まあ水が合ったというのか、その編集の仕事に落ち着いているところ。末娘の章子も、この一年学校からせっせとトマトに大根、人参やホウレン草と各種の野菜やパンにジャム、うどん、クッキー等といったものを持ち帰ってきましたが、「うん、おかあさん。この一年ほんとに短かったよ。こんなこと初めて！」、といま高二に向けて張り切っています。

そして私は、すぐまた数日後に今度は十一回目の沖縄に出かけようとしているところです。那覇、名護、石垣、と現地で活動している人たちと共に「サンゴの夕べ」、というシンポジウムを開催するためです。これは、「ニライカナイ・ユー」サンゴ基金という新しい「ナチュラルトラスト運動」に伴うイベントです。

石垣島白保の空港問題に関わり始めてからこの方、私はどんなに多くの出来事を体験し、素晴らしい人々と出逢ってきたかを簡単に言い表すことはできません。時々、こんなに贅沢な人と人の出逢いがあっても良いのだろうか……、と思います。ことに白保のおばあちゃん達や、海人のおじさんたちとのそれは素敵です。今年もまた、家中溢れかえっているアオサの山の中で、不思議な縁の糸をたぐっています。

白保のサンゴ礁の海は、どんな言葉でも言い表せないほど、ありとあらゆる生命に満ち溢れています。その海をつぶし、空港を造ろうとしている恐ろしいひとつの現実を通し、その空港建設に賛成、反対する双方の人々のさまざまな心のドラマを見てきました。何が本当に正しく、間違っているのかわからなくなります。私たちはその双方をひとつに巻き込んでいける、もっと大きな動きを作る必要を感じました。それは誰一人反対しえないしっかりした思想を根底に孕んだものでなければならない、と思われます。そして見つけたのが「ニライカナイ・ユー」、という沖縄の言葉でした。

〝神々と人々と生きとし生けるあらゆるものとが、共に敬いあい助け合って生きていける世の中、そういう世の中を私たちに賜われ〟、という祈りの言葉です。これを私たちは全てのものの根底に置きたいと思います。

さて、この本を書くことをしつこく勧めてくださったジックの石井慎二さん。でたらめな原稿をなんとかして下さった浅見文夫さん。それをまたドーンと引き受けてくださった現代書館の菊地泰博さん。そして私をいつも助けてくださる沢山の方々、ほんとうにどうもありがとうございました。

一九八七年四月六日夕方

あとがき（改訂版によせて）

この『ただの主婦にできたこと』、という本の初版が世に出たのは、三十数年も前の一九八七年五月となっています。その初版はもちろん店頭に並びましたが、大して売れもせずに大半が出版社に戻ってしまったように思います。でもこの私自身の個人的な活動と言いますか、さまざまな取り組みにそって全国各地への講演活動などもあり、少しずつ売れながら五刷まで重なったところで、気が付いたら品切れ、という取り扱いになってしまいました。

それは出版業界の本作りの方法そのものが大きく変わってしまい、それまでの手作り版下で作る、というやり方ではなくなってしまったことによるのかな、と私自身は思っています。

私の手元に全く在庫ゼロになってしまってからも、ずい分あちこちであの本が欲しい、とか昔あの本を読んだことで自分の生き方が変わった、あるいは何か困ったこと、行き詰まりがあるとあの本を引っ張り出します、という声、人々に沢山出逢ってきました。

私としては、せっかく品切れになったのだからもうこんな古い本は出番ではない、と思っていたのです。

ところが最近になって、ますますこの世の中乱れに乱れ、人が人を疑い、どこもかしこも監視カメラだらけ。民間の個々人の家の出入り口にまで、「あやしい人を見たら一一〇番」、というプレートがくまなく取り付けられる始末です。

子供達には、知らない人に声をかけられても、無視しましょう。返事をしてはいけません。学校などで忘れ物をした子に貸したり見せたりしてはいけません。そして飛行機に乗るときのこれでもか、これでもかの厳重チェック。一〇〇ミリリットル以上の飲み物は全て没収。しかも毒物でないかどうかチェックを受けるかその場で飲んでみせる、といった騒ぎの今の状況です。とにかく、人は人を信用してはいけません。人はみんな疑ってかかりましょう、と社会全体が暗黙の了解をしいています。

まあそんな世の中で生きていかざるを得ない私たちではありますが、やはり少しでも潤いのある、そして夢とまではいかなくても心のゆとりといいますか、ほっとできる読み物があってもいい、必要ではないのかな、と思い、現代書館の菊地様からご了解をいただき、この本を復刻し、みなさまの前にもう一度お目見えさせていただくことに致しました。

以前のものは、全部で十二冊ある私の本の中でただひとつ文体がいかにもいかめしい「である」調でしたので、今回思い切って「ですます」調に書き換えました。そうしましたら、とっても柔らかくなり私自身ほっとしました。

そしてその書き換え作業の為に否応なく全部を読み直すことになりましたが、その頃といまの私が持っていますか価値観と言いますか、ものの見方といったものは全く変わっていない。これはいま私が昔を思い出して書き下したといってもいいかも、とそんな思いが致しました。やはり変わったのはこの肉体だけで、中身といいますか、精神の方は変わっていない、といった確認の作業でもありました。

でも別の見方、言い方をすれば、ちっとも成長していない、とも言えますから思いは複雑です。

この本の中で、私の二番目の娘冬子のことを度々取り上げていますが、彼女はいまでもまた、私にとってはなくてはならない片腕的な存在です。そしていまはとても逞しく、物事をしっかり考え捉えることの出来る人になりました。ついでに言いますと、冬子の孫が一人の、ばあばでもあります。他の娘たちもそれぞれにそれぞれの人生を送っております。私は孫七人、ひ孫一人になりました。

何はともあれこの先の残された人生の中で、何をどれだけこなしていくことが出来るかどうか。何かまた新しい取り組みが出来るのかどうか。それは全く解りませんが、この本を通してまた一人でも多くの方々との新しい出逢いがありますように、と心より願っております。

山田　征

二〇一九年一月二十日

■著者紹介
山田　征（やまだ・せい）
1938に東京生まれ、6歳より九州宮崎で育つ。四人の娘たちの子育てと共に、農家と直接関わりながら地元の学校給食に有機農産物他食材全般を約17年にわたり搬入。仲間と共にレストラン「みたか　たべもの村」をつくる。反原発運動、沖縄県石垣島白保の空港問題他さまざまな活動を経、現在は、日本国内だけではなく地球規模で設置拡大され続けている風力や太陽光による発電設備の持つ深刻な諸問題について講演活動を精力的に続けている。
著書に『山田さんのひとりNGO—「ニライカナイ・ユー通信」』（現代書館）他多数。
連絡先　181-0011　三鷹市井口2-18-13 ヤドカリハウス

増補改訂版　ただの主婦《しゅふ》にできたこと
2019年2月25日　第1版第1刷発行

著　者　山田　征
発行者　菊地泰博
発行者　株式会社現代書館
東京都千代田区飯田橋 3-2-5　〒 102-0072
電話：03-3221-1321
FAX：03-3262-5906
振替：00120-3-83725
http://www.gendaishokan.co.jp
組　版　具羅夢
印　刷　平河工業社（本文）　東光印刷所（カバー）
製　本　鶴亀製本
装幀・イラスト　貝原 浩

 ISBN978-4-7684-5852-5
定価はカバーに表示してあります。乱丁・落丁本はおとりかえいたします。